U0889890

Do one's best

修订升级版

你只是还未
全力以赴

温言 著

青岛出版社
QINGDAO PUBLISHING HOUSE

图书在版编目（CIP）数据

你只是还未全力以赴 : 修订升级版 / 温言著. --
青岛 : 青岛出版社, 2018.1
ISBN 978-7-5552-6033-2
Ⅰ. ①你… Ⅱ. ①温… Ⅲ. ①散文集－中国－当代
Ⅳ. ①I267

中国版本图书馆CIP数据核字(2017)第217795号

书　　名　你只是还未全力以赴 : 修订升级版
著　　者　温　言
出版发行　青岛出版社
社　　址　青岛市海尔路182号（266061）
本社网址　http://www.qdpub.com
邮购电话　010-85787680-8015　13335059110
0532-85814750（传真）　0532-68068026
责任编辑　郭林祥
责任校对　耿道川
特约编辑　孙小淋
装帧设计　苏　涛　李红艳
印　　刷　北京海石通印刷有限公司
出版日期　2018年1月第1版　2018年1月第1次印刷
开　　本　32开（880mm×1230mm）
印　　张　9
字　　数　120千
书　　号　ISBN 978-7-5552-6033-2
定　　价　38.00元

编校印装质量、盗版监督服务电话　4006532017　0532-68068638
建议陈列类别：畅销・励志

目录

CONTENTS

第一章
其实你羡慕的，世界终将给你

第二章
未来回报的从来不是加法，而是复利

目录 CONTENTS

第三章
总有些成功，要与世俗保持点距离

第四章
真正的努力，就是要承受有价值的痛苦

目录

CONTENTS

第五章
幸福就是努力和机遇总会相遇

后记

目录

CONTENTS

Do one's best

修订升级版

你只是还未

全力以赴

NI ZHISHI HAIWEI QUANLIYIFU

你只是还未
全力以赴

第一章 其实你羡慕的，世界终将给你

问问你自己：如果没有恐惧，我会做什么？然后，放手去做。怕什么梦想遥远，进一寸有进一寸的欢喜；怕什么美好的一切消失，咱们先来让它存在。

不要用战术的勤奋，掩饰战略的懒惰

有人邀请我在“知乎”上回答一个问题，这个问题非常具有普遍意义，一个简单的回答不足以展开，因此我决定单独写一篇文章来彻底地分析阐述它。

提问者是一名国际会计专业的大学生，她看到自己平时都在努力上课、认真笔记、好好复习，平均成绩都在九十分以上，而她的很多同学平时都不好好学习、只搞考前突击。这些人虽然学习上少了认真，但胜在活得多姿多彩，学也学了，玩也玩了，有的参加了学生会，还考了雅思，马上就要出国了。所以提问者很困惑：她自己努力学习，却对未来出国和找工作都没有太大的帮助；别人不努力学习，却更有可能获得好的人生。为什么自己那么辛苦地泡在自习室，却不能得到更好的结果？

对这道问题有各种各样的回答，那些答案有的鞭策，有的鸡汤，有的循循善诱，有的冷嘲热讽。

如果让我答，我只想引用雷军的一句话：“永远不要试图用战术上的勤奋，去掩饰你战略上的懒惰。”

在这里，天天泡自习室可以先暂定为“战术上的勤奋”；泡了四年以后的结果却依旧缺乏明确的学习目标和动机，那就是战略上的懒惰。

我上本科的时候，周围的好学生很多，其中不乏各个省市的文理科状元。然而在这些尖子生当中，学习最好的从来都不是一天到晚苦泡自习室的人，而往往是那些把生活安排得多姿多彩的人——他们智商与情商皆高，往往懂得所谓努力并非流于表面；而那些貌似学习很刻苦的人，其实效率并不高。曾有过一个学期，我制订了学习计划，强迫自己每晚都去自习室学到熄灯前半小时，不过我很快就发现，这种泡自习室背笔记所带来的学术收获，远没有在图书馆里大量阅读带来的多，我就放弃了。泡自习室对我最大的意义，只不过是营造了一个“苦苦努力”的幻象，换取我对自己心灵的安慰罢了。

回到之前那个提问者，她每天除了上课，就是去泡自习室，一直泡到熄灯才回宿舍，第二天一睁眼又前往图书馆去自习。

你如果问她：“你这么努力学习是为了什么？”

她会回答是为了考试有个好成绩。

那么好成绩有什么用呢？

是为了能顺利保研。

保研后又怎样呢？

保研后读研究生，就可以有个高一点的学历，然后再有个好成绩，今后好找一份好工作。

可是，如果好好学习的最终目的是为了找到一份好工作，那么为什么不一开始就向着“找好工作”而努力呢？

如果在大一的时候，就定下阶段目标为“找到好工作”，那么显然她努力的路径就不应该单单是学习那么简单，还应该配合参与学生活动、参与社会实践、寻找实习的机会、学习如何制作修饰简历、补充课堂上学不到的工作技能……而提问者却是在用天天泡自习室的勤奋，来掩饰她多年来不思考的懒惰。

当然，许多人学习的目标并没有那么功利，毕竟对于很多人而言，学习就是为了更好地获取知识这一纯粹的目的。但怕就怕很多怀着这样纯粹理想的人在受了几年教育之后，会突然质疑国内高等教育的水准，看不起教授的水平，也看不上同学所做的研究，然后觉得自己多年的辛苦研究和学习被白白耽误了。

这是一种高级的战略型懒惰，希望利用外在环境的缺失和不足，来解释自己为何努力却达不到相应的目标。

无论你接受的是僵化保守的体制内教育还是新颖独特的体制外教育，如果你真的勤奋钻研、静心思考过，那么你从学习中获取的就绝对不仅仅是知识点的堆积，而应该是批判性思考的能力、理性逻辑分析的能力，以及去伪存真的辨识能力。

即使你真的进入了一个很差的学校，难道要花费整整四年时间才能认识到这点吗？显然不需要。如果你早就认清了这个现实，为什么不自己做点儿什么来改变学习路径呢？

也许你会摊摊手说："可是我没有好导师、好教授、好课程、好同学啊！"

那么我只能说："可是也没有人阻止你去找到好导师、好教授、好课程、好同学啊！"

要知道，我们正身处互联网的世界，从美国到英国再到我们自己国家，所有最顶尖最优秀的大学，都在竞相向世界敞开免费的高质量在线公开课；国内外优秀的研究机构，从十几年前就对外部分开放了大量汇聚尖端研究成果的数据库。如果你真的愿意，可以花很少的钱就在网上学习许多专业技能，还能跟着有经验的人一步步地学做案例，线上线下的图书馆里还有浩瀚的知识海洋……

在二十年前，可以说“我没有学习的条件啊”，可在这样一个信息流动速度极快、提倡知识资源共享的社会，一个真正用心努力的人，是绝不会被当前所处的条件禁锢的。

就拿学英语这件小事儿来说，我们身边有许多工作以后坚持学习英语的人，这需要很大的决心，需要很大的毅力，能坚持下来确实很不容易。

我曾经有个前台同事，每天都利用工作之余坚持背单词，背单词的软件会有打卡功能，我每天都能看到她在朋友圈内的分享：今天十个、明天十个，后天是周末，也有十个……从不间断。有次她问我：“怎么才能在短时间内快速提高英文水平？”

我反问她：“你为什么要在短时间内快速提高英文水平呢？”

她回答，因为公司经常有其他国家办公室的人到访，公司内部还有很多美国高管，他们和前台的沟通虽然都是最基本的，但她希望在这些基本交流中能做得更好。

我说：“我有一个好方法给你，你没有一个全英文的语言环境，不如给自己报一个近期的考试，考试的压力会逼迫你在听说读写四个方面齐头并进。”

妹子说：“可是我觉得以自己现在的水平根本考不了好成绩。”

我说你的目标不是为了考试成绩，而是给自己一些压力，并循着一些有据可依的轨道进行某种系统的学习和提升。它虽然不是唯一的提高英语水平的途径，但确实是短期内最有效的方法。

妹子说：“可是我觉得压力好大，让我再想想。”

回去再想想以后，这个提议就被搁置了。她仍然回去老老实实地背单词，今天十个，明天十个，后天十个……一年坚持下来，非常不易，单词量涨了三千五百个，却依然不能和外国同事更好地交流。

类似的例子每天都在我们身边发生着，这些例子带给我们的启示是：

（1）如果不在开始努力之前就设定一个目标，你的努力就很容易陷入“我这么努力有什么用”的自怨自艾中。

（2）如果你的努力不和结果挂钩，那么你就只能沉浸在“我已经很努力了”的幻想当中，并错把受苦的体验当成努力的过程。

（3）比不努力更可怕的，是你自以为“已经很努力了”，却“没有任何实质的进展”，导致你反过头来质疑“应不应该努力”这件事，甚至把问题引向了拷问社会的公平性问题，这对你的人生其实没有任何意义。

努力的幻象对已经进入社会的人而言，远比还处于校园中的学生们要大得多。因为成年人要用更加有限的精力和时间，去应付更为复杂熙攘的世界，而努力的幻象，会长时间地消磨我们的时间、精力，以换取少得可怜的结果。

所以，在努力之前，每个人都应该先问问自己：

“我努力的目标是什么？我现在所付出的努力和我的目标有因果关系吗？为了达成这个目标，真的需要我埋头学习八小时吗？这八小时里我已经全力以赴了吗？”

人生不应该是充满痛苦疲劳的拉锯战，而应该是有的放矢地走走停停。

看似比你幸福的人，
往往经历过更大的苦难

我参加过一次新老同事的聚会。

一个刚加入公司的小姑娘偷偷问我：“你认识Katrina（卡特丽娜）吗？”

我说：“非常熟。”

她说：“哦，我好羡慕她。”

人人都羡慕Katrina，人人都羡慕她的生活。

她有一个爱她的法国老公，有一个“中法合资出品”的漂亮宝宝，一到假期全家会飞去艾维浓的乡间别墅度假，种花酿酒收获黑加仑。她正在写一本遇见乡间阳光的书，记录一个热爱生活的姑娘在艾维浓生活的点滴。生活如此，夫复何求？

可是在这段幸福岁月开始之前，我就认识Katrina了。五年前，她新婚的老公被派驻苏州，于是Katrina向公司申请去上海办公室工作——我们没有苏州办公室，上海是离她老公最近的办公地点。每个周五，Katrina都会匆匆地从办公室直奔火车站，去赶开往苏州的火车，度过一个短暂的周末后，她在周日下午会再匆匆地从苏州火车站跳上开往上海的火车。为了行动迅速，她的随身行李只有一个包。当有人在目的地等你的时候，家也在那里，又何必带太多行李呢？

我曾经为她打抱不平："为什么是你去找你老公？应该他来找你嘛！男生累点儿怕什么！"

Katrina连忙辩解："他对我很好的，每次都会去接我，只不过他老加班。"

Katrina辩解的时候总是很用力，所以我们总会把一个问题吞咽回肚子里："他明明有足够的能力在北京找份不错的工作，为什么要大老远地跑去苏州呢？"

有时行动已经说明了答案，只不过人们总在期待时间会给出一份惊喜作为结论。

半年后，"惊喜"来了——Katrina下车后，看到了来接她的先生，不过先生的手中还拉着另一个女孩的手。Katrina不是一个坚强的人，当场石化在了站台上，然后崩溃了。

反复折腾了半年后，Katrina回到了北京办公室。她告诉我，她已办妥了离婚手续，并请我对她的婚姻状态保密。然后她申请调去了另外的部门，再次申请离开了北京，去深圳做一个长达两年的项目，在那个只讲业绩不问过去的地方，她全身心地投入了工作。

也就是在这个项目上，Katrina大放异彩，升职成了经理，然后在一次去芭提雅的培训时，遇到了法国同事、现在的老公。她的老公当时立刻就被她吸引住了，那时的Katrina虽然比两年前要累得多，但全身却散发出一种柔韧而沉稳的光彩。她不再是个不识愁的小姑娘，她像每一个有很多故事的人一样，在静静地思考。Katrina和她的老公在法国的一家农庄里举办了婚礼，这次是她的老公申请调转了办公地点，从巴黎迁到了北京。

Louis（露易丝）是我的另一个朋友，我们以前只是点头之交，因为要同时去伦敦待一年，所以熟稔起来。

我只是陪读，日子悠闲无比，可Louis作为已经工作了十几年的人重返校园，日子忙碌不堪。

她不仅要读书，还要自己找房、租房、实习、打工、锻炼身体……到了第二学期，她的日程更紧了，因为她从国内把五岁的孩子也接过来了，只在伦敦北部找到了一所愿意接收的幼儿园。每天一早Louis把孩子叫醒，打扫房间后做早餐，然后领着孩子去赶地铁，用四十分钟的时间把孩子送到幼儿园交给老师；下午三点半，她要再坐四十分钟的地铁去幼儿园接孩子，把孩子带回家；下午五点到八点，一位华人保姆在家里陪孩子玩，并给母女俩做饭，Louis则利用这个时间做作业、写paper（论文）、发电子邮件；保姆走后，Louis哄睡孩子，接着看书学习到午夜。

每个周二、周六下午的日程会稍有不同，Louis会带着孩子去宿舍附近的体育馆游泳，还得去超市菜场买接下来一周的菜。每个周末她还会去买特价票，带孩子看一场电影或者音乐剧，有时也会去逛街，带孩子去书店或露天市场逛逛。

因为我们离得不远，我经常会跑去找她，美其名曰给她帮忙，其实是写书写得不顺去找她聊天。我羡慕她忙碌而充实的生活，羡慕她能把日子安排得井井有条。

我经常把Louis当成知心姐姐，向她请教各种鸡毛蒜皮的问题：我是应该留在英国还是回国，是继续原有的工作还是重新找一份工作，我的书写完了没人出版怎么办，我应该什么时候要孩子……

Louis虽然不能给我答案，但她总是从现实角度为我分析，让我从烦恼的蜗角中跳出来，着手把眼前的事先尽量做好。

有次我去找Louis，她正带着孩子大扫除，我也加入了大扫除的行列，忽然发现她家最多的就是各种药。“你得什么病了？”我问她。

Louis说：“强直性脊髓炎。”

我惊呆了，没有想到一种如此恐怖的疾病竟然离我这么近，更没有想到一个泰然自若、活力四射地为我排忧解难的人居然是AS（强直性脊髓炎）患者。当她用尽力气在疼痛中生活的时候，我居然还一遍遍地跑来用鸡毛蒜皮的破事儿来烦她！

Louis告诉我，她已经学会了和疼痛朝夕相处。

Louis还说：“我已经找到英国AS方面最权威的专家，我自己发了e-mail（电子邮件）给他，从下周开始治疗。”

Louis说，所有的AS抗疼痛药物都有明显的副作用，会给心脏和肾脏带来负担，可是不吃药又疼得撑不下去，所以她索性按时服药。

我傻了，问道：“那不是会减短寿命吗？”

Louis回答：“怎么说呢？我觉得生命不仅仅是长度的问

题，质量也很重要。”

那天下午，我失魂落魄地离开了Louis家，并且很长一段时间都不敢再联系她、找她、面对她。

我甚至不敢想象Louis是如何面对、经历着这一切，并像个斗士一样与之战斗的。她正在经历着一场永远不可能胜利的战斗，无非是用晚倒下的时间，换取7×24小时不眠不休的疼痛。

一年后Louis顺利完成了学业回国，并换了一份更好的工作。听说她在新工作岗位上连升两级，还把女儿送去了一所很棒的国际学校。好多人羡慕Louis在这么大的年龄还能下决心出国深造，拿到更高的学历；他们还很羡慕Louis有先见之明，在孩子小时候就带她出去，体验一年的英式教育；他们更羡慕Louis会过日子，能在工作之余把生活安排得丰富多彩。

我没法开口反驳他们：哪有人生的赢家，挺住才意味着一切！Louis最值得羡慕的不是她的生活，而是她不屈的勇气和强大的信念。

Louis的事情给了我极大的震撼，使我今后能留心观察更多的光鲜表象，发现背后的故事。

我发现每天在办公室加班到很晚、业绩很优秀的同事家里有个渐冻症的母亲，需要他和姐姐请两个保姆，并要由姐弟俩在周末轮番照顾。

我发现每晚去广场领唱大合唱团的邻居有个瘫痪在家的母亲，她说在每天二十四小时里，只有唱歌的那一个小时是属于自己的幸福时光。

我发现刚刚获得风投的那个90后CEO（首席执行官）还在租房子住，他每月只象征性地领一点工资，家里的父母还在指望着他的钱翻修房子和嫁女儿。

我发现在三十五岁就获得了财务自由的姑娘两侧输卵管堵塞，大概要和她儿时最大的梦想——做一个母亲——绝缘了。

这些人生中细微而真实的痛苦和烦恼，和他们人生中出现在公众视线中的风光和精彩一样真实。特别炫目的东西背后，往往有着不为人知的隐情，那些隐情才是那些我们所羡慕的更为真实和全面的人生。那些在照片中冲我们微笑的人，没必要同时展示他们哭泣时的照片。

许多美丽的故事背后，都有一段悲伤黑暗或者忧愁的版本，但正是因为那不为人知的另一面，才让我们已知的那部分故事更加伟大、更加不可思议。

随着年龄的增长，我已越来越少有一门心思地羡慕旁人的幸福生活的时候。我只是一个平静的读者，稍停就走的过客，我为他人的精彩鼓掌，但却并不想替换他们成为故事中的主角。

人生不过是些好坏参半的素材，却被我们过得千差万别。

说到这里，希望你能明白，那些令人羡慕的幸福生活，其实不是一种际遇，而是一种能力。

起点不高，又很迷茫怎么办

一个教授去演讲，听者云集。演讲完毕，一个学生举手提问："我就读的大学是一所三流大学，大家都不努力学习，也没有什么对未来的计划，像我这种起点不高又很迷茫的状况应该怎么办呢？"

教授的回答很犀利："在这所三流大学里你出类拔萃吗？如果没有，那恐怕就不是环境的问题。"

我们常说，人生最美好的岁月是二十到三十岁的这段时光，可是这段时光也最容易烦恼。如果点数这期间各种各样的烦恼，恐怕有一半以上都和上述问题相关。似乎在各个领域，我们恰巧都处在了一个不高的起点上，被迫开始各种人生竞赛；更糟糕的是，发令枪响起时，我们常常还处于懵懂之中，想努力，却又没有清晰的目标，想使劲，却又往往不知道怎么使劲。

如果向已经成功的人寻找答案，答案大多会是相似的，他们会告诉你：你应该先设立一个清晰的目标，然后开始朝着这个目标狂奔。

我的个人经验是，如果年纪轻轻就能确认明晰的人生目标，并矢志不渝地为之奋斗，那么人生就不存在那么多的曲折和自我折磨了。换而言之，那些在十几岁、二十岁出头就能明确知道自己想要什么、该怎么做的人，一般都不存在迷惘，也能年纪轻轻就成为人生赢家。对于我们这些普通人而言，苦恼就苦恼在起点不高、目标也很模糊。

对我而言，真正有用的建议是：当你觉得迷茫时，不管好坏，先设一个目标，哪怕后期再调整也没关系，先朝着这个目标行动起来。在后面的努力过程中，你可以不断回顾、修正最初的目标，你会发现自己正慢慢朝着正确的方向行驶，哪怕走的是一条当初根本无法预料的航道。

有人会问了：如果一开始目标就设定错误，那不就白努力了吗？

这是一种普遍的心态，也正是因为这种心态，绝大多数人花费了大量时间坐井望天、搜肠刮肚地思考着人生的正确目标而寸步未行。

在我看来，即便目标有所偏颇，也往往是因为起点不高、眼界狭窄、知识和精力有限而导致的，因此，大可以先设定一个目标，只要这个目标是现阶段你觉得值得为之奋斗的，就赶快奋斗，先走起来再说。

这就好比登山，**你在层峦叠嶂的山脚下仰头，只能看到离你最近也最矮的山峰，你只有先占领了这个山头，才有可能看到之前被遮蔽的更高的山巅。**

有一次我去听新东方的俞敏洪演讲，老俞说："我最烦现在的年轻人在一点儿基础都还没有的时候，就给自己定下目标要成为下一个马云，他甚至还不如马云长得好看。"台下一阵大笑，他又说："即便是我也很难看清未来甚至五年后的走向，而我之所以能走到这一步，和我愿意每天都取得一点进步是有关系的。"

因此，即便目标有所偏差，只要动起来，也比原地坐着空想有用。

我的一个学妹为了能考上好大学，当初报考了自己并不热爱的小语种专业，由于不知道未来的出路在哪里，所以大一的时候非常苦闷。四处找人聊天后，她给自己设定了一个目标：毕业以后要进大使馆工作。她其实并不知道大使馆的要求是什么，也不知道自己是否适合大使馆，但有了一个自己愿意为之奋斗的目标，她就开始为这个目标学习起来。

没事的时候，她就上大使馆的官网刷一刷对方的招聘空缺和职位要求。她发现英语很重要，可以使她在竞争中比别人更有优势，如果自己到大使馆应聘，最有可能的就是和翻译相关的职位。口语一直是她的软肋，她就不断地去攻破口语上一个又一个的障碍，并同时关注使馆的微博、新闻，每天都坚持去看对方发布的新闻、政策，积极报名参加对方组织的各项活动。为了让自己更有竞争实力，她还在大三的时候参与了一个学期的海外交流活动，更贴近地了解了对方国家的文化风俗和思维习惯，还认识了我国派驻外国大使馆的官员，并在其介绍下，到当地的一个公益组织进行了为期一个月的实习。

等到大四找工作的时候，师妹投递了很多份申请，可当她最终拿到大使馆和一家知名电商的offer（录用通知）时，她选择了拒绝大使馆，去了电商工作。

在过去的几年里，她已经做了很多功课，并且通过努力和交流，认识到其实她的性格并不适合去大使馆做翻译类的工作。她在工作中属于进攻型选手，而大使馆的职业天花板相对较低，很快便会无法提供她所期望的空间；电商属于风头正劲的大船，可以给她足够的空间，让她结识各种背景的牛人们，还能给她提供乘风破浪的机遇。

回顾她大一时设立的目标，那个目标到现在已经过时作废了，但是她数年来为最初的目标所做的努力却完全没有浪费。每一点微小的努力和进步，都为她最终做出的选择增加了微小却关键的筹码。

现在的社会中，起点不高又很迷茫是常态，因为我们都是普普通通的正常人，但有太多人仅仅因为起点不够高、目标不够明确，就一直迷茫下去了。在太多人眼中，似乎只有一个醍醐灌顶的正确目标，才值得全力以赴地去奋斗，所以大家总在各种媒体网络中搜寻着突围的捷径，似乎真的有什么一招鲜的好办法，可以像直升机那样迅速地带领我们脱离低谷、跃上山巅。

可是，当你起点不高的时候，困住你的并不是迷茫，而是患得患失。你希望的并不仅仅是一个目标，而是一个能够确保你成功的目标；你所期待的也不仅仅是一条道路，而是一条万无一失、通向成功的康庄大道。

世界上没有这样的目标，也没有这样的道路。当你觉得迷茫的时候，迅速行动起来才是克服无力感的唯一方式，而只有行动，才有可能突破和超越。

永远不要用此时自己的心态和眼界，去揣度自己未来的心态和眼界。一旦开始行走，不需要很快，就会轻易地超过其他人，不要惧怕你的目标还不够完美和准确，因为**最终能带领你抵达成功的，不是存在于你想法中的目标，而是不断积累的脚步。**

没有哪次选择不重要，
也没有哪次能决定你的一生

每次选择都成就了你，但没有哪一次可以决定你的一生。

我的高考生涯已经过去很久了，但估分那天的情形仍历历在目。由于知道自己没有发挥好，所以我完全不敢估分，而遣了心理素质强大的母亲大人去预估。在她估分期间，我一个人抱着枕头默默地流泪，心如刀绞。母亲大人安慰说：“有那么多所大学呢，上哪所都不错的啊。”

结果一句话正中我的痛处，我失声大哭，觉得若是高考没考好，就要和机遇失之交臂，人生便再没机会了。

结果没想到估出来的成绩还不错，后来我顺利地读了第一志愿，本科毕业后又顺利地去了英国一流的商科大学读研，回来进了500强，跳槽升职，结婚生子。

随着人生在看似顺利的路途上一步步展开，估分那天痛哭的情形却始终历历在目。当初并未意料到的是，看似每次选择都顺遂人意的我，从未在工作中取得过惊人的成绩，如今已沦为了茫茫人海中的普通一员，心中甚至不曾有过任何恢宏的人生愿景。而当年高考成绩并不是特别理想的朋友，有的公司已经上市，有的拿到了上市公司的股权，在三十岁不到就获得了经济自由，还有的因为早早结婚生子买了几套房子，如今过上了包租婆的悠闲生活……

当年高三毕业时大家的境遇千差万别，选择也大相径庭，但在毕业十年后，大家都过上了还算不错的生活，可见当年的泪真是白流了——人生本就不会因为一次考试而完蛋，哪怕这是人生中最重要的一次考试；只要考试之后还有漫长的时光在等待，生活就不会断绝出路，还存在着各种各样的可能性。

今天毕业生面临的情况，较之十年前更加复杂和日新月异。科技不断更新迭代，房价骤然上升，全国人口开始大规模迁徙流动，高考人数在逐年下降，出国留学和留学归国人数在稳步上升，热钱从房地产流向互联网，政府从鼓励大学生读研改为呼吁大学生创业……我们正处于眼花缭乱的机会和抉择当中，我们比以往任何时候都更直接地面临着诱惑和抉择的患得患失。

对于这种迷茫，其实是不需要太过焦虑的。从我的例子可以看出，即便在十年前选择相对少、信息流动相对缓慢的时候，时间一样可以把不同起点的人带至他们所期望的高度。在十年后社会更加包容且多样化的今天，做出什么样的选择，只要目标明确地坚持走下去，都不会比预期差太多。

我在大使馆做教育推广工作的时候，时常会有一脸焦急的学生和家长，看到大使馆的官员就像看到了救命稻草一样，扑过来就问：“老师，我今年大三，去英国留学好吗？”

“老师，我毕业后是应该先读研呢，还是先找工作，工作两年后再出去？”

“老师，现在国内就业形势那么差，去了英国能不能留下来工作？”

面对这些问题，我常常会反问对方：“你以后想做什么呢？”

“你的职业规划大致是怎样的？”

“你是希望在中国发展还是希望在海外发展？还是你其实不在乎地点，更关心机会？”

可是那些提问者却都回答不上来，他们最常见的回答是：“我还没想好。”

没想好其实就是没有想。

如果他们提前思考过这些问题，有起码的判断，就根本不会提出这些笼统抽象的问题。

人生的选择和考试不同，每次选择都没有标准答案，且和你的个人目标、愿望息息相关。没有人比你更了解自己，别人提供的选择无非是别人的判断罢了，最终的选择还要你自己下决心。

我本科一毕业就去留学了，毕业后直接回国找工作；我的室友先留在了国内实习，晚一年才出去留学，却在读书时遇到了现在的老公。现在看来，你会觉得我们当初的选择都是对的——我节省了时间，赶上了找工作的好年景；她有了社会经验，更清楚自己想要怎样的生活。

到底哪种选择更好呢？只能说哪种选择都有自己好的一面，也相应地会付出代价。即便是我自己，也不敢笃定地说当初毕业后立刻出国留学就是最正确的选择，也不敢说毕业后如果找工作，就不会得到更多更好的机会，因为两条路无论选择哪条，都不会知道另一条上有什么样的惊喜和陷阱。对我而言，能做到的就只能是多年后回头，告诉自己，不为当时的决定后悔。

再回头来看当初向我提问的同学："老师，我是先留学还是先工作呢？"

"你不如先工作吧，这样当你遭遇工作瓶颈的时候，留学是一条转型的道路。"

"可是我怕工作了以后，我就没有耐力复习语言，也不想出国了。"

"那你就先出国留学吧，先把学历提高，把基本功打扎实了，再出来工作。"

"可是我又怕学的时候没有实践经验，所以方向不明确，浪费了时间。"

"那你就先工作一年，再考虑要不要出去。"

"可是一毕业就出去的同学那时已经学成回来了，我再出去会不会太晚？"

我充分理解向我咨询的学生这种患得患失的心态，如果有一种选择可以囊括所有的好处而不必负担任何风险和损失，我们又何必在此没完没了地讨论呢，直接选择那一条路不就好了。

人会在选择时犹豫，总是希望趋利避害，要么恰好选择一条上乘的捷径，能比别人更快、更少辛苦地达成目标；要么通过一次性的选择，可以规避另一条路上众所周知的坎坷和风险。他的问题，说穿了就是对未来不确定性的恐慌。其实工作后也一样可以出国，留学后也一样可以提升就业力，他会抵达哪种成功，和路径并无直接联系，和如何完成他选择的路途息息相关。

还有一种面对选择时的焦虑，并不是对自身前途的忧虑，而是来自和他人的比较。

“我选择了毕业后找工作，可是同学们都纷纷保研考研了，会不会将来学历高的人工作机会更多？”

“我选择了工作一段时间出国，可是同事们都先结婚组建家庭了，是不是我也应该先成立家庭？”

“我选择了继续工作，可是身边的朋友们无论在什么机构的都出来创业了，我是不是也应该出来闯一闯？”

这样的焦虑不是个别现象，十年前教美国政治的教授就在课堂上说过，当时在美国的华人青年参与调研，最大的压力不是来自在异国他乡的生存压力，而是来自peer pressure（同辈压力）。我们在父母辈的攀比中出生，在优劣排序中长大，在攀比中成熟衰老，大概还会挑选人生中最高的排名刻在墓志铭上。

人与人之间是无法简单类比的。A是研究天体物理的大学教授，在研究领域取得了国家级成果，但收入维持在城市中等水平，教书生活和研究工作颇有规律，有个幸福的家庭。

B是大数据分析师，加入了国内互联网公司，拿了一部分期权，后来自己出来创业，公司Pre-A轮融资，面临方向选择的烦恼。以前在互联网公司收入很高，现在做老板反而不敢多拿工资；以前朝九晚五，现在在梦里都在思考着方向，也有个不错的家庭。

A和B的人生孰优孰劣？你或许在心底里更渴慕A的生活或者B的生活，那不过是你自己更向往恬静平衡的工作生活，或是更向往惊涛骇浪的冒险生涯的映射。即便就B本人的选择而言，他抛弃了原本安逸的工作，选择了自己创业奋斗，也不能说明所有像他一样做着安逸工作的人都应该出来创业，搏上一把。

A和B的人生，只要是其心甘情愿的选择，无论走到哪一步，都谈不上是失败的人生。唯有一种失败的人生，就是过着A的生活，却在羡慕B；跳去B的公司，看到大家纷纷创业，于是自己也辞职创业，却无从对抗可能死在黎明之前的焦虑，重压之下，又想去过从前A的生活。

在生活中，越是聪明的人越会囿于选择的烦恼；受的教育越多，读的书越多，越容易因为机会和选择的多样而患得患失。

出国还是保研、实习还是游学、去大公司还是创业……这些都是甜蜜的苦恼，没有一个问题真的是生死攸关，也没有一个选择能一劳永逸。说穿了，坚定地选择任何一条路，再兼顾其他，想清楚目标，都可以获得不错的结果。

可是我们的社会总是急功近利地关注眼前的利益所得，大张旗鼓地宣扬功成名就的辉煌，所以我们常常会担心努力后没有回报，或者辛苦付出后的收获不成比例，但成就并不是人生的终点，只是阶段的里程碑。而所谓的里程碑，也不过是你在健行了十公里、百公里和上万公里后脚步累积所抵达的外在标志。那些真正的收获，从不会因为有没有立碑、立碑有没有被人看到而有所增减。

我有一个非常欣赏的师姐，按照社会惯常的视角来看，她毕业后的头几年简直是波折丛生、倒霉透顶。她先是放弃国企的offer，出国念金融相关专业，等三年学成后，金融相关工作在美国已经不好找了，回国后想去的机构没有合适的指标，只能先实习着等机会；实习半年后，公司又只招应届毕业生了……几经辗转，她最后去了深圳一家企业的投资部。可几年后，随着那家企业在海外一步步叩响当地市场，不断进行并购，她的经验越来越丰富，人脉积累也越来越广。后来她离开了那家企业，去了一家美国投资机构，没过几年，她成立了自己的投资机构，专注于她感兴趣的领域深挖，做得小有名气。

如果把时间窗缩短到开头两年，这位师姐的职业运真是太差了，似乎每一步都被自己的决策坑了。可是如果把时间窗放长，又会觉得她得到了自己想要的，比如事业有成。其实这都是因为她每一步都遵循了内心的声音，努力坚持下去，尽管波折不断，但通过时间累积，她还是达到了让自己满意的高度。

很多年前，我曾和一位咨询公司的经理争论应不应该追求work-life-balance（工作与生活平衡）。我强调我的人生需要这种平衡感，唯有留足够多的空白给自己，我才能追求实践自己的小兴趣、小爱好，才能谈恋爱旅游，享受生活中应有的幸福感。那位经理只比我大一岁，却持不同观点，她说年轻时若追求生活平衡，就会失去职业最快的上升期，所以应该先拼命达到别人难以企及的高度，再等行囊充裕时享受幸福。

这些年过去，她已在咨询领域颇有成就，却常常烦恼找不到可与其匹配的男士共度一生；我已成立家庭，却时常郁闷事业上达不到同辈们站上的高峰。我们一面在各自的领域内有所烦恼，却又同时享受着各自在事业或生活上收获的幸福和成就。

闺密问我："如果你在当初的职位上熬下去，是不是现在就能拥有她那样的事业成就？"

我说当然不会，因为这个假设永远不会成立。什么样的性格就注定了什么样的命运，人生的追求最终会引领我们走上各自的道路。即便不在第一个路口分手，也会在下一个岔路口说拜拜。她得到了我所失去的，我享受着她所放弃的，我们的境遇最终都是自己点滴抉择的累加，何以不平，又何以存忧？

在二十岁出头的时候，我常常急不可待，充满了迷茫和焦虑，觉得无论怎么下脚好像都会选择失误，可是到了现在，我明白了一切都只是暂时的，不要在和别人的攀比中选择，而要遵从自己内心的判断，多年后才不至于后悔。

其实无论你走哪条路，努力之后，都是差不多的结果——得到你拼命争取的，失去你不曾努力保有的。人生若有意外之喜，那才是上天最大的恩赐。

如果你明白了这样的道理，在漫长的道路上，纵然有短暂焦虑的迷惘，却始终不会失去真正的前进方向。

为啥你喜欢的人，总是他人的自留地

有一次和一个刚认识的朋友聊天。她自身的条件不错，但恋爱运很差，对方不是已经有了家室就是有了女朋友。她坦言自己喜欢成熟稳重的男人，但糟糕的是见了那几位男士后，她有点回不去了……她的疑惑是：为什么她喜欢的人总是别人的自留地呢?

我给她讲了一个我的故事。

我给一本著名的时尚杂志当过写手，写了一段时间后，我觉得自己有了某种“特异功能”，比如有一堆混在一起的衣服，我总能一下子就拣出其中最贵的那件，再比如有一堆珠宝饰品，能被我一眼相中的绝对会是经典款。

我为此扬扬得意，并且告诉了和我配合的时尚编辑。结果她一听就笑了，说："这个特异功能我也有啊，但不是因为我有品位，而是人家的东西出类拔萃啊。"

所以，很多时候你以为是你的个人品位，实际上是因为人家的品质。

同理，你以为是你慧眼识珠，实际是人家自己的条件太好。在这个社会，绝大部分女人都会被成熟、理智、独立且有一定经济基础的男人所吸引，如果一个女性自身条件还不错，那她喜欢的男士一定也是上乘的，对他的角逐激烈也很正常。

与好男人成为恋人，就好比进了顶级公司工作，会带给你很好的体验，比如能拓宽你的眼界，能接触并学到很多新东西，他甚至能替你点拨迷津，为你做出许多人生的重要决定。

一旦尝试过了高档次的陪伴，再低些的东西就很难入眼，沉醉其中的姑娘们很难自拔，并会对同年龄阶段的男生排斥或者鄙夷。

客观地讲，这种对优质男人的迷恋掺杂了太多的东西。绝大多数时候，你自己很难分清究竟是喜欢他，还是喜欢这段感情带来的社会层次的提高；你也很难分清自己到底是喜欢他的成熟稳重，还是喜欢他的成熟稳重给你的人生带来的便利。

如果一定要指出这种感情存在的问题，那么它最大的问题就是不均衡。

男人都是非常实际的，无论成熟幼稚、世故天真、懒惰勤快、精明愚蠢，一旦出了青春期，他们都会变得很实际。

而在感情中，论实力是他强你弱，论条件是他强你弱，论投入是他少你多，论成本是他轻你重，论洞察力是他强你弱，我不知道你该如何才能以均衡平等的心态把它修成一段正果。

每个人都会有这样那样的毛病，好男人十有八九都是改造的成果，就像别人调试过的软件，你觉得方便好用，那是因为它一身bug（缺点）的时候你没赶上而已。

一个男人有多优秀其实不是感情的重点，平等才是感情稳定的基石，否则即使他成了你的自留地，也照样会被别人挖走。

所以不妨问问自己：你为一段感情付出了什么，是为了让自己变得更好吗？你对感情的目的又是什么，是社会地位的提高还是想开心地过一辈子？给你一个富翁坯子，和你在一起生活，他会沦为平庸还是会成为传奇呢？

没有人会不期望刚刚好的东西——累了渴了的时候，希望有一杯温度刚好的茶可以喝；逛街的时候，希望有一双称心如意的鞋可以买；遇到问题，希望有一本书可以提供所有的答案；想结婚的时候，有个刚刚好的人各方面都十分合适，还可以让人安心……

可是人毕竟不是物品，感情是双向的，很多时候，“刚刚好”的感觉只是你单方面的错觉，更多的情况下，你所谓的“刚刚好”，很可能是别人百般容忍、调教、共同成长进步的结果。等一个人各方面都刚刚好的时候，他恐怕就不是你的了。

我有个男性朋友说过一句话，令我很是难忘。他说：“看一个男人的终极品位，不能看他的吃穿打扮，也不要看他的言谈举止，这些都可能被修饰成为假象。只有一件事代表了他的终极品位，那就是他娶了个什么样的老婆。”

换而言之，感情游戏里可以有各种各样的女主角，可婚姻里，男人做出的却是发自本心的综合考量。对于附庸者，男人有着再清楚不过的定位和相应的处理方法。而你把幸福托付在他人身上，其实是一种冒险行为。

在情感中，单方面的依附关系，哪怕短时间内能带来安全甜蜜的假象，却是无法持久安全的。在摘果子之前，最好能退让一步，试着让自己浇灌一棵树，经历一下春暖花开的喜悦，也经历一下除虫护果的烦恼。作为年轻人，不要有太多与年龄不相称的欲望，也不要总想着一劳永逸或者不劳而获。

在这件事上，我讲不出太多的大道理，只能说，不要在最能交心的年纪选择现实，也不要在最能共同奋斗的年龄选择依赖和脆弱。

老盯着别人的人，过不好自己的人生

蒋方舟随总理出访拉美，并代表年轻作家第一个发言，这条新闻引爆了文学圈和公知界。无数人跳出来分析她的作品，剖析她的出名史，评论她的文章，还有朋友跑来问我怎么看。我回答说我能怎么看，用眼睛看呗。

其实我是这么看的：这事之所以会引发如此大的争议和讨论，焦点虽然是“蒋是不是优秀青年作家代表”，而根源却是“她凭什么年纪轻轻就啥都能有”。

现实就是这样，总有这么一群“年纪轻轻就什么都能有的人”出没在周围：他们无论做什么，似乎都能所向披靡；无论选择怎样的人生，世界每一扇门似乎都会自动对其打开……这样的人生高高在上，根本没有任何复制的可能和借鉴的意义。如果再去网上搜索一下，这种比较类的问题更是能把人淹没：

我出身、学历、长相、背景、家庭条件不好，但是很努力；某某某从来不努力，但是因为出身、学历、长相、背景、家庭条件很好，却什么都有，我觉得很不公平怎么办？

我上大学的时候，也会觉得这种现象很不公平，自己很委屈。可是到了现在，我已不再会有类似的情绪，因为接触的人多了，就会发现，所谓“什么都有的人生”，无非是大众和媒体的臆想。

因为我们对自己的人生不满意，所以就经常把眼睛挂在别人身上，羡慕他人的生活，内心充满了羡慕嫉妒和怨恨。太多时候，我们在网上关注一个人，并不是因为喜欢他、尊重他，而仅仅是因为对方晒的吃喝住行代表着我们向往的生活。可我们却往往忽略了一点：我们看到的不过是人家想让我们看到的生活，那只是生活表象的浮光掠影，鲜少会有人在网上大谈特谈烦恼、挫折、焦虑和痛苦，这些真实的空白和停顿却被我们忽视，我们还沉浸在双方共同营造的美妙生活中。

Facebook（脸谱社交网站）的COO（首席运营官）桑德伯格有一句名言：“没人能拥有一切，再成功的人也不能，你永远不知道成功者背后的故事。”但在现实中更普遍的情况却是，即便你拥有了一点小小的成就，大家也会以为你幸运地拥有了许多。

有个工作了两三年的同事给我讲了一件事。

她发现一个中学同学把她拉入了黑名单，百思不得其解：自己没做过什么得罪对方的事，也从未有过任何过激言论。后来有次逛街时，两人居然在商场里不期而遇。当时她刚付完账等着服务员把鞋子包起来，而那个同学才踏进店门，盯着她的鞋看了一会儿才幽幽地说：“你买这么贵的鞋啊，我们都只敢看看的……”

接着对方问她换了什么工作，有没有男朋友，大概挣多少钱，在得知她快要结婚了并且刚付了房款首付时，又幽幽地说：“真好，你什么都有了呢。”

那一瞬间，这位年轻的同事突然明白自己被拉黑的原因：她居然成了别人眼里“什么都有的女孩儿”！她为此叫屈：“我的工作是自己找的，钱是自己挣的，男朋友也不是大富大贵，首付是两家凑的，结完婚就得还房贷！还有两只猫要养，车号都还没摇中……”

这位年轻同事绝非“什么都有的女孩儿”，但她拥有踏实的职业态度和开朗的人生观，她目前已经有的一点点，都是她自己兢兢业业、一点一点打拼得来的。

名牌大学里最不缺学业优秀、家庭显赫、身怀特长的学生，可当你走近他们，就会发现：人们无论身处哪个坐标，依旧会有自己的痛和怕——特招进来的体育特长生，因为基础差，考试前会对着笔记本默默流泪；网络红人平日和同学说话都揣着小心，生怕说错了被人误解传到网上去，可还是会被人偷偷拿走包裹和信件，生出是非；家里有钱的总在烦恼被父母逼着移民出国；家里权势显赫的虽然盛气凌人，却没有一个朋友……

社会上的人也一样：事业成功的，健康往往容易出问题；年少成名的，会被迫让渡个人自由和私人空间作为代价；家庭甜蜜的，总在烦恼家庭事业的取舍；拥有大量财富的时候，烦恼和惊吓倒比以前更多……

这就是“什么都有”的代价：得到你想得到的，失去你不愿意失去的。横向比较其实没有意义，因为你永远不知道别人生活的全貌。

我们以为别人什么都有，因为看到别人身上背负着许多和成功相关的标签。如果梳理下自己的小成就，你会惊讶地发现，原来贴标签并不是件很难的事，说不定在你羡慕他人的同时，你也已经成了遭人嫉妒的对象。

大问题都是小问题组成的，每天解决几个小问题，像推土机一样碾轧过去，慢慢就成就了更好的人生。成天看别人晒吃晒穿、看牛人分享上市经验、看大佬讲财富人生鸡汤，这些东西解决不了实际问题，反而会让人心浮气躁、越看越闹心。什么都有的人生是一点一点聚集起来的，正如什么都没有的人生也需要一点一点地修复。

明白了这个道理，为什么却依然会在生活中感到不平？

在当今社会，“不去和别人攀比”是件很难的事，因为互联网已经融入了生活的每个细胞中，把强与弱的边界抹平了。你在社交媒体上的关注，朋友圈里朋友晒的各种谈资，你身边人的生活，新闻上90后CEO一夜暴富的神话，都会给你种种“别人什么都有，自己却什么都没有”的错觉。

许多鸡汤类读物会教你要“放平心态”“平衡自己的内心”。看到别人比自己好会失落，是大部分人的自然反应，真正的解决之道不是放平心态，而是明白一个现实：我们的生活道路是方格架，而不是一架竖梯。

竖梯只有一条道路，要么前进，要么后退，只要上面有人，就会挡住我们，攀比是唯一的前进方式；而方格架不同，即便在开始的时候，人们三三两两地散落在不同的格子上，有的高，有的低，有的拥有的多些，有的拥有的少些，大家都还可以沿着不同轨迹到达顶端。

在竖梯上，怎样登顶和别人有关；而在方格架上，怎样到达顶端和自己有关，至于别人在哪个格里，看看就好。我们自己在方格架上可以走一条时上时下、迂回曲折甚至偶尔会误入死胡同的独特路线。到处都可以有宽广的视野，不是只有顶端的人才能看到最美的风景。

因为我们生活在方格架中，因此不要老用别人的悲喜来左右自己的生活。即便别人拥有很多很多又能怎么样呢？大家不是在一条直行道上攀比的，而是在沿着各自的路线行进。

这个世界不奖励完美的人，只奖励那些把事情做得更好的人。终究只有一种人会一事无成，那就是活在埋怨中，并且时时刻刻用眼睛盯着别人的人。

“稳定的工作”属于高风险职业

有个做猎头的朋友给我说了件事：

她有一个远房表哥，大学毕业就在一家发展势头很好的国企做行政工作，做到中层时，这家国企居然裁员了，而表哥身为部门的骨干，第一批就被裁掉了。裁员也就罢了，可这一时期正好赶上他的女儿幼升小、家里老人生病，老婆又长期在家没工作，原本和乐安稳的小日子瞬间坍塌。表哥向她求助，先做简历，再聊聊可能的就业机会和职业规划。

朋友对我说，这件事既在情理之外，又在预料之中。这并不是那家国企近年来的第一次裁员，随着市场情况的变化，裁员的计划在几年前就开始实施了，只不过那时只是裁掉了外围的员工，中层裁员的说法尽管一直都有，谁也没当真。

从朋友的专业角度来看，她表哥被裁掉是再正常不过的思路：表哥的工作技能门槛很低，并非不可替代，又因为他是中层，工资福利一直比较高，所以拿掉他换成一个成本低很多的员工，是件挺划算的事。

唏嘘之后，我俩又讨论说，这事是坏事，也是好事。好就好在，尽管她表哥从未换过工作，但他正处于年富力强的时期，这个年龄转型还来得及。表哥这两年为了职称和内部升迁的需要，英语一直没落下，还考了个PMP（项目管理专业人士资格认证）证和兼职MBA（工商管理硕士），只要他能摆正心态，重回劳务市场参与竞争，并不会有太大问题，只不过不可能再像以前那样舒服了而已。

表哥自己也慢慢想开了，庆幸这事发生在他三十多岁的时候，要是四五十岁时才碰上这种事，他会更加进退两难。

在我们的社会，除了好工作、次一点的工作之外，还有一种叫作“稳定”的工作。你说它好吧，其实也没啥意思；你说它不好吧，它却很稳定。

年轻人往往对稳定的工作举棋不定，而父母长辈都很喜欢稳定。

我一位师弟的前女友分手的理由竟然是，她的父母认为他在私人律师事务所当律师“不够稳定”，希望他能进法院工作，并表示他们可以托关系想办法。这其中的逻辑让师弟很郁闷：在私人律师事务所凭实力挣钱被视为“不优秀”，非要托关系拿铁饭碗才值得托付？

这种情况并非个例，前一阵还有新闻报道，中石油对应届生裁员，一名刚入职就被裁的毕业生的女友提出分手，理由是“他不再有稳定的工作”了。

这些真实鲜活的例子背后，是无数中国父母热衷追求的职业目标——稳定。如果你是一个女生，从别人嘴里听到这个词的概率会更高。

不幸的是，无论是“稳定”的工作还是“安全”的饭碗，都是存在于大家头脑中美好的愿景而已。世界上没有一份绝对安全、绝对稳定的工作，这是我从小就学到的道理。

我自己的家人及父母的朋友就经历过国企转型和部委改革的阵痛。几十年的铁饭碗一夜之间被打破，我亲眼看到许多兢兢业业工作的叔叔阿姨抑制不住地哭了，因为比没有工作更可怕的就是失去一份工作。

人们追求“安全感”的原因是规避风险，害怕损失，可实际上，往往越担心损失，损失就越多。

首先，行业的趋势是在不断变化的，今天的低风险行业，到了明天就可能变成高风险行业。比如随着人们对新能源的重视以及新能源利用技术的开发，原本吃香的石油行业可能会衰落；再比如在限制了房地产的发展后，原本兴隆蓬勃的钢铁行业也会相应地萎缩。这些行业的变迁，都是我们很难提前预测的。

其次，低能力风险，一个人真正的进步和成长，是需要挑战自己的舒适区的。许多人选择安全行业的原因，恰恰是因为那里人浮于事，待着会比较“舒服”。舒服着、舒服着，就丧失了斗志，也丧失了快速反应的学习能力，这种能力的丧失，造就了在就业市场上迁移能力的薄弱。

最后，是高退出成本。一个小公司的程序员在劳务市场上很容易再找到新工作，巨型企业的员工却很难再就业。因为巨型企业的职务都是非常细分、非常特定的，许多员工的工作都是为了适应独特的企业文化或流程而定制的，辞职后找工作并不容易，改行更是难上加难。

所谓的风险，就是那些无法控制、可能会发生的危机。一个人的职业风险，很难依靠理性地选择行业和企业来规避，因为你永远无法预测未来，也不可能揣度国家的经济走势和政策导向。

政府可以改革，国企需要转型，大外企会被并购，小企业可能迁移……如果你以为某个职业、某个工作有多么多么稳定，只能说你的见识和经历都太少了。

真正的危险就是把希望寄托在别人身上，自己却丧失了前进的能力。问题的核心在于，依靠别人的变数比依靠自己的变数要大得多：依靠家庭的，可能会因为家庭变故而重新背负重担；依靠单位的，可能会因为社会的变动而遭遇洗牌。

到那时候你才会明白：这个世界上只有一种安全，那就是你的技能和在任何环境下迅速适应崛起的能力。只有具备了这种能力，才有可能拥有真正的安全。

你可以出于爱好去做一份工作，也可以出于野心去做一份工作，或只为实现自己的事业只做一件事情，但绝对不要因为好吃懒做而去做一份看上去简单而容易的工作。如果你是一个女生，而你的家人希望你找一份“稳定”的工作，那么你至少要保证这份工作是你喜欢且愿意为之学些东西的，这样在稳定之余，你至少不会废掉，还能因为内心的喜爱而专注地研究和学习。

如果你还年轻，那就不要在最有能力奋斗的阶段选择安逸，否则你就会把自己置于不可知的未来洪流当中。

治愈失恋，最难的其实是原谅自己

其实我对失恋的朋友挺没辙的，对着电话也好，当面也好，在微信上也好，费尽千言万语，该说的都说了，该讲的都讲尽了，第二天对方仍会哭着把昨天问的问题再重复一遍。

有一次我和另外几个朋友去安慰一个失恋的姑娘，她有一段从中学时期开始的恋情，以男方极不光彩的方式宣告终结。我们好话讲尽，比喻用尽，精疲力竭，这时一个来晚的朋友进来了，她刚刚再次踏入婚姻殿堂，比任何人都更有说服力。

晚到的朋友上来就对失恋的姑娘说了一句话：“你现在觉得自己站在了一个特别漆黑的路口对不对？我告诉你，完成一条路的唯一方式是把它走完。”

我们都很好奇：怎么才能把它尽快走完呢？

晚到的朋友回答：“摸爬滚打，就算是闭着眼睛熬，也要把它熬完了。”

失恋的姑娘真的在晚到的朋友的帮助下，用了一年时间，慢慢地走了出来。她不但走了出来，我们还惊讶地发现，失恋反倒像是老天给她的一个契机，在主动走出失恋的过程中，她的性格、主动性、学习能力和领导能力居然都有了提升，用我另一个男同学的话来讲：“她比以前有魅力多了！”晚到朋友的失恋后复健运动，是目前我所见过的最客观、最有效的方法，尽管如此，这件事却没有捷径。

走出失恋谷底的第一步是原谅自己。原谅自己当初的选择，即便现在看起来，当初是个错误。印度的灵性四句话流传很广，其中第一句便是“无论你遇见谁，他都是你生命该出现的人”。而失恋人最常有的心态是：他是个人渣，我当初怎么就看上他了呢？或者：我为他付出了那么多，他怎么可以抛弃我呢？

这时候不如想这一切的相遇、相处和分离都绝非偶然，你所遭遇的人和事一定能教会你一些什么。如果因缘际会中自有安排，那么分离将牵动更多的因缘际会，将你带至更广阔的河流。

其次，就是要让自己忙起来。工作、运动、读书、充电学习、旅行游历……有条件的出国留学或者休个间隔年假当然更好，还可以借机去做做自己一直梦想去做的事。但是有一点，绝对不要指望任何一件事可以药到病除。

如果你站在一条阴森冰冷的道路入口处，你会觉得独自完成它是件绝望的事情。

所以正确的走路方式是，不要思考如何“走完它”，根本不要考虑怎么才能过好以后，以你现在的状态根本不可能考虑得出来。你就想着如何过好今天即可，你甚至不需要想“如何过好今天”，只要想着“如何过完今天”就行。

因为有太多的人得知你感情的打击后会跑来安慰你说“一切会好起来的”，但对你而言，这句话会在你脑海中尖叫。别人又没有同样的经历和打击，他们凭什么断言“会好起来”呢？与其费脑力去想怎样好起来，不如筹划今天怎么过完更现实，这比遥远的未来更容易安排。今天要保证工作别再出错，要给父母打个电话，要去逛街买件新衣服，要回家看一场灾难片，用全世界人民的痛苦解压……

晚到的朋友跟我们说，在第一段婚姻结束的时候，她甚至得了抑郁症。在抑郁、自杀、自残、报复等诸多小念头此消彼长的日子里，她尝试了无数可以尝试的事情：养猫、养鱼、养多肉植物、买东西、打魔兽、练拳击、游泳、学法语、追美剧、报MBA班、主动要求加班出差、挑战最爱骂人的客户、去极限项目作死……后来还折腾着换了一份工作和行业。这些活动，不能说完全没用，但每次和朋友们聚餐、去同学家玩或者加班归来，一个人打车沿着灯火通明的路往家里走，一看见自己家那个黑洞洞的窗户，眼泪唰地就下来了，孤独、悔恨、愤怒、绝望都会争先恐后地从角落里冒出来，纠缠住她，于是回家后喝点红酒，抱着枕头大哭一场，睡醒后又开始计划过新的一天。就这样周而复始，新的生活习惯和状态慢慢养成，生活总有些新的变化，会让人的心境也随之变化。而许多朋友相聚的开心时刻、自己学新东西聚精会神的时刻，又都是实实在在的快乐和踏实，就这样一小步一小步、没有任何技巧地一路走到了今天。

TEDx（世界顶级演讲品牌）有次请了一个名叫尼尔·帕斯理查的年轻人去演讲。这个尼尔没有什么惊天动地的成就，也不是什么上市公司的CEO，他只不过是在很短时间内遭受了一系列打击：被前妻抛弃、自己失业、好朋友在经济危机中自杀，他的人生一下子从温暖幸福中跌进了自我囚禁的监狱。有天阳光正好照在他脸上的时候，他决定不再这么过，于是开了一个博客，命名为“一千个美妙时刻”。他自己对着屏幕，一件事一件事地记录下过去和现在那些让他觉得幸福美妙的瞬间，哪怕只有短短几秒。很快他的博客吸引了一些人的关注，人们从开始的留言互动，到加入进来一起记录自己人生中的美妙时刻，让尼尔从个人哀痛的谷底走了出来，在治愈自己的同时，他也协助他人完成了治愈。他们在极为悲痛的囚牢里，回忆各自生活中的美妙时刻而彼此治愈。尽管博客的巨大成功出乎尼尔的预料，但他确实用这种简单而踏实的方法走了出来，同样没有捷径。

悲痛是一种非常私人化的情绪，无论你之前曾站得多高、走得多顺、拥有过多少美妙的记忆，当你摔在谷底的时候，都只能自己爬起来。我有一位犹太同学曾告诉我说，他认为犹太文化中最有力量的一句箴言即是："请不要让我在活着的时候死去。"这句话将帮助所有在困境中企图自我救赎的人获得力量。

NI ZHISHI HAIWEI QUANLIYIFU

你只是还未

全力以赴

第二章 未来回报的从来不是加法，而是复利

在没有得到什么的时候，那样东西总是会熠熠发光，看上去是万能的，它或许会带来某些转折和机遇，却不会颠覆你原本的生活。你的人生不够成功也绝不是因为你尚未完成某一情结。

谈梦想之前，麻烦先自立起来

有次，一个朋友的朋友辗转找到我，倾吐了她这些年为名校奋斗的经历、挫折和百折不回的决心，希望我给她一些建议。

有天很晚的时候，一个已经三次考研失败的朋友的朋友给我打电话，向我诉说她这些年的奋斗、失利的苦恼和再战的决心，她的故事漫长而曲折，但其实很简单：当初高考以一分之差和梦想中的大学失之交臂，进了二本，然后整个大学四年她都经常去那所心目中的大学蹭课听，研究生报考的也是这所心目中的大学。两次考研失败后，她改了报考的专业方向，但却不幸地再次失利。现在她需要平复下心情，以便满怀勇气地投入第四次战役。

我问她："你为啥要报考现在的这个专业，你喜欢吗？"

她回答："说实话，因为我觉得这是最容易复习和备考的专业。"

这个回答倒是无可指摘，但是对一个已经年逾二十五岁的妹子来说，她的人生从未谈过恋爱、从未实习或打工、从未参与过任何集体活动，也没能在大学期间交往过任何朋友，将全部时间、精力、理想与个人志趣，都投入到考上心仪大学上，偏偏报考的专业还不是自己喜欢的，这多少有些悲哀。

更可悲的是，她的家庭不足以支撑这样的梦想太久：她的母亲退休后身体不好，父亲下岗后多年没有工作，为了女儿又找了份零工。即便如此，父母也告诉她，只会支持她明年再试一次，如果再不行就不要考了，要么找工作，要么找对象。

我很清楚她想听我说什么，她在期待我说："继续努力吧，总会考上的！"可是我很难违背内心，鼓励她在这条不归路上渐行渐远。我认识太多这样的人，他们苦苦追寻的不是一个梦想，而是一个梦想了千万遍的情结。

我在读研的时候身边也有一个类似的同学。她在一大群中国同学之间显得很不合群，她从不参与集体活动，很少和大家交流，一下课背上包就直奔打工地点，留下的永远是来去匆匆的背影。

后来大家熟了才知道，她从小就有个出国梦，可父母离婚后她家的生活一直很拮据。母亲为了支持她的梦想，从积蓄里挤出了几万块钱，然后又求东告西地从亲戚家借了几十万，供她漂洋过海地来读书。背负着这样的心理重担，她开始在伦敦边打工边念书，并很快陷入了双重压力中：花销甚高，如果不打工，经济状况实在窘迫；可是打工学习就会掉下去，要为及格担惊受怕。她这样苦熬了一年后，生活并没有因为她从伦敦名校毕业而好转，虽然有了更充裕的时间打工，可她却始终没能找到当初梦想中心仪的工作，只得黯然回国，踏踏实实地从头找工作还债。

以上两个姑娘的选择有共同的问题，她们把某个阶段性的目标，当成了需要尽一切可能去尽全力追逐的梦想，然后倾全家之力、不计后果地去追逐，而后因为这种片面的牺牲徒劳无功，她们又不得不在全力追逐中接受内心的拷问。

追求梦想没有错，你也有权把鸡蛋都放在同一个篮子里，问题是你的人生不能只有一个鸡蛋。

在我们这种教育环境下，我们很容易就会将考大学或者获得某种学位作为人生的梦想，好像进了某某大学就实现了人生，获得了成功。

可是我身边绝大多数世界名校的毕业生反而不这样认为，你要去问他们，他们会异口同声告诉你：好学校是个乘数。也就是说，如果你有某种才华、某种天赋、在某个领域卓有见地，名校的资源和背景会帮助你放大这种优势；但名校不是那个可以加载在0前面的1，你不能指望着把进入名校作为一生命运的转折点，你命运中那些关键的参数，比如理性、情商、态度、判断力等绝不会因为你侥幸进了什么学校，就有翻天覆地的变化。

在大使馆工作时，每次做活动都会遇到很多有困惑的学生，他们问："老师，我想留学读书，可是又怕学费那么高会给家里增加负担，怎么办呢？"

我的回答一般是："那你就赶快找工作，努力多挣钱，花自己的钱去啊。"

他们看上去更迷惑了："但是我又担心现在不出国，以后就会错过时机了。"

我说："其实不会，如果你现在就出国留学，那么毕业后，找工作就是你唯一的出路，可是如果你现在先工作呢，等到三年后你遭遇瓶颈的时候，留学可以给你提供多一种选择。"

我不知道每年来咨询的这些学生中有多少会愿意延迟出国的目标，先踏实工作积累条件，又有多少最终选择了四处筹款，立刻奔赴海外。

一定要考上某某名校也好，一定要去某某国家上学也好，可以姑且称它们为某一阶段的梦想，而它们的实质只不过是你短期的人生目标或者你心中的文化情结。

一个人可以将考名校作为阶段性的目标，但如果将此作为毕生奋斗的梦想，就显得愚不可及。同理的还有出国留学，这可以是一种人生体验、一种短期目标，有条件即刻启程固然好，但如果没有条件，就应该先踏踏实实地开始工作，积攒物质条件，打好语言基础和知识基础，等时机成熟了再去追梦也不迟。

在没有得到什么的时候，那样东西总是会熠熠发光，看上去是万能的，它或许会带来某些转折和机遇，却不会颠覆你原本的生活。你的人生不够成功也绝不是因为你尚未完成某一情结。

于丹是把孔子带入了千家万户，但当年从四中毕业后她只考上了联合大学；降央卓玛拥有天籁般浑厚的白金嗓音，却没有不管不顾地跑去北京卖唱，而是去考了电工技校，自己先养活自己，保障人生最基本的物质条件再说。我还有一位心心念念想去读沃顿商学院的同学，本科时申请失利，于是便进了咨询公司，在咨询公司服务多年后，公司出资派她去沃顿读了MBA。

梦想是一个非常值得尊重的东西，每一个怀揣梦想踽踽独行的人都值得我们尊敬，没有什么比梦想更能支撑我们度过艰难时光的了。但如果明天就要生存不下去了，或者非要倾家荡产地去追求那个所谓的“梦想”、满足那个曾让你感到挫败的“情结”，那还是先赶快甩了它，先养家糊口吧。追求任何事物的道路上都会有牺牲，而这个牺牲应该由你来全权负责，不应该让全家人替你买单。

就像所有互联网创业公司都挂在嘴边的那句话一样：今天很艰难，明天更艰难，后天很美好，但绝大多数公司都死于明天晚上那个黑夜里。所以当务之急不是琢磨着怎么去纳斯达克上市，怎么在国内上新三板，而是怎么先手脚并用地活下去，苟延残喘到后天。

之前给我打电话的姑娘似乎被我说服了，至少她为自己设置了一个底线：再彻底地投入一年，如果明年还考不上，就踏踏实实地去找工作。

在挂上电话之前，她问了我最后一个问题，她说：“如果我的梦想就是进最好的大学读书，而一旦工作了，我就懒得再考、再复习、再努力了怎么办？”

我说：“这不会是一个问题。无论你称它为情结也好，梦想也罢，如果你真的那么在乎它们，它们就会像头发一样，剪掉了还会自己再冒出来的。”

别让你的努力，只是感动了自己

这两年我有不少进步，其中自己最满意的一个是：无论是对待工作、对待专业，还是对待写作，心态都成熟了很多。

由此带来的一个直观表象是：不会再沉溺于自己感动自己的戏码里，更注重努力的效果和质量了。

自己感动自己这事，在我刚工作的时候还挺常见的。

有一次，我lead（带领）一个八座城市的road show（路演），配合的同事临时撂挑子，我一个人发着39摄氏度的高烧吭哧吭哧加班到半夜，回家收拾行李准备飞往上海。

我收拾到凌晨三点，sales（销售）部门的老大来电：“Joan，我的发言稿呢？”

我说：“哈？”

他说：“你没给我啊，我还得过一下呢！”

我说：“一小时之内给你。”

于是我坐在箱子上边哭边写，觉得自己既伟大又渺小，如此委屈还那么敬业……

做完这次多城联动的大活动，我几乎蜕了一层皮，但业务能力大大提高了。自此之后，这种自我感动到哭的事儿就很少发生了。

因为吃过这次亏后，我就学会了在大项目之前做好所有最坏的打算，也学会了在尽可能早的时候就做出翔实周密的计划。

“老大，需要写发言稿吗？”

——即便答案是不需要，我也会写一份备着，以防各路老板们心血来潮。

我也会尽量避免孤军奋战，前期准备越周详，留给自己的余地就越大，而不是把压力都挤在最后一刻。

几年前我们全家人春节聚会，我弟那时还在加拿大读书。

大家聊着聊着，就聊到他在国内也算是顶聪明的学生了，在加拿大却学得很苦，经常整宿地熬夜读书，舍不得腾出时间买菜做饭，天天吃方便食品，累得不行。

长辈们听完后都难过得不行，我姥姥眼圈立刻就红了。

只有我对这个“感人”的故事心存怀疑。因为我非常了解我弟的专业功底和学习效率，总觉得以他的实力，纵然涉及跨专业学习和语言问题，应该也不至于那么“悲惨”。

联想到我自己在英国读研究生的时候，作为文科生去拿理学硕士的文凭，也同样辛苦，几乎学期内没睡过四个小时以上的觉。

——这些固然有刻苦的成分在里面，但其实也是为了能在周末和假期，腾出更多时间参与其他丰富多彩的活动。

后来等我弟顺利毕业回国，我和他讲起大家为他难过。他说：“哦，那完全是我自己活该！整个学期一直在打《DOTA》（刀塔），再不通宵考试就过不了了！”

因为我俩都经历过类似的“辛苦学习”，所以很清楚哪些是辛苦的表象，哪些是辛苦背后的原因——我为了读书只睡不超过四个小时，其实是为了置换出时间，周末和假期可以玩乐；而他每天不睡觉，是为之前玩乐透支的时间还债。

所以我们都只不过是把本可以摊薄平均使用的时间，做了不均衡的配置，才有了令人“感动”的学习图景。

正如我弟说的，我俩受的苦，都是自己活该。

就像很多年前那场八城大活动，绝大部分的“苦”其实来自于前期我对漏洞的懈怠，和对他人的依赖。换成一个经验丰富的人做lead（领导），早点规划好，和agency（机构）一起做好预案，提前准备好所有相应文案，在前期就和老板频繁沟通，完全可以舒舒服服地达成更好的效果，而不是坐在箱子上抹眼泪。

这些经历其实是我们人生中许多大大小小的事情的缩影——在踏入职场的很长一段时间里，我们其实很容易沉溺在自己很委屈、因为别人我们白白受了很多苦的场景中，顾影自怜，觉得那就是专业化和努力。

其实真正的专业化和努力，恰恰来自不要沉溺于白白受苦：

如果在一块石头上栽了，那就灰溜溜地爬起来想想怎么绕过去。就算我们没那么聪明和勤奋，稍微动些脑子，找找自身的问题，很快就能找到优化的出路，走上越来越好的道路。

——如果辛苦来自你没想到，那你经历了一次，下次一定会牢牢记住；

——如果辛苦来自你心甘情愿，那没什么抱怨的，我们总是要牺牲一些，才能得到真正想要的。

在我写这篇文章的时候，在英国和法国的两个闺密正在小群里热火朝天地讨论一个MA workshop(MA专题研讨会)的规划。

在英国的Grace刚结束四个月产假，决定放手一搏，加入公司的China desk（中国办公桌），抓住国内企业海外拓展的机遇——正式告别了孩子香喷喷的怀抱，投入殚精竭虑的工作中。在法国的闺密已经快生了，还在坚持两地往返工作。

现在是晚上十一点三十五分，我家娃已经入睡，正是嗒嗒码字的好时机。她们讨论的时候，我偶尔插一句，待热火朝天地讨论完，我对Grace说："Welcome back to jungle..."（欢迎回到丛林……）突然一种并肩战斗的自豪感油然而生。

如果工作里有你想追求的价值，千万不要因为工作的辛苦，就沉溺于自己感动自己。每一段经历都自有它的价值，如果你觉得值得就继续，觉得亏欠就放弃。

我们没有太多时间停留在情绪中。

无论你现在多低微、多辛苦、多委屈，记住一直往前走，有一天蓦然回首，你会发现已经超越了很多同行者。

为什么你读了许多年书，生活还是一筹莫展

有段时间，一本书《从0到1》刷屏了微信朋友圈，畅销大卖，很多大V都纷纷跳出来分享此书好在哪里、为什么会大卖、作者如何如何成功，然而我身边真正互联网行业的人对此书的评价却泾渭分明，有的说：“不错，还是有干货的，有些点很有感触。”有的却说：“实在名过其实，有太多观点不能认同。”

《从0到1》到底怎么样我在这里不做评论，但这件事给了我一个启示：一本书本身如何固然很重要，读书的人本身具备

哪些条件、处于怎样的环境和阶段也很重要。

在现实中往往有这种情况：如果一本畅销书能得到所有人千篇一律的叫好声，那往往需要谨慎对待——千篇一律的好评要么是水军，要么是只能吸引同一智识水准的读者。

多年前有个姑娘写信问《读者》的主编：为什么我很努力地照着《读者》的方式做了，生活还是不好？

这个问题不好回答，但如果换一种方式回答，答案便不言自明：

为什么我光脚穿了很多年球鞋，也没能现世安稳、岁月静好？

为什么我读了许多言情小说，也没能遇上霸道总裁爱助理？

为什么我阅遍了鸡汤文，自己的人生还是不能变为别人的鸡精？

再简单粗暴点儿，就是：为什么我读了这么多书，却仍然过不好自己的人生？

蔡康永有句话我特别认同：如果你总读一些让自己舒服的东西，那你知道的永远是你已经知道的东西。

可是我们偏偏就爱读那些让我们舒服的东西：励志鸡汤、治愈文集、大佬名言、晚安故事……不能说你没有读书，但这些书更多的是消遣，你读了这些以后心灵得到了安慰，有了各种情绪，但它们却没有增加你的智识，也没能引发你太多的思考。

我曾经参加过一个失败的图书分享会，演讲者的presentation（陈述）非常精彩，下面一群人也听得津津有味。可是我回家真正拿出那本书来读时才发现：作者写的根本不是那回事，重点也根本不是他讲的那样。我们听得津津有味的更多的原因是，我们被当时的情景、演讲人的技巧吸引住了，他的幽默让我们哈哈大笑——一群没读过书的人在台下被演讲者牵着鼻子走。

这说明了一个很严重的问题：在快餐文化里，如果你自己没有任何积累，不做知识的储备，不带着辨识力，就“一穷二白”地上阵听别人分享经验、分享观点，其实是有风险的。

这大概就是你读了很多很多的书、学习了很多很多的道理，但依旧过不好自己人生的原因。因为你沉醉于看了很多书的幻象中，其实你在实际生活中享受的是另一种形式的消遣。更糟的是，绝大多数时候，你把哈哈一笑或者点头表示认同作为阅读的终点，难怪会没有提高。

步入社会以后，阅读的内容更加多元化。有时候尽管我的心在告诉我，只有费力费脑的阅读才可以带来系统的学习和思考，人生才能有所进步，但我就是本能地抗拒着费力的阅读。

可是越要费些力气阅读的东西，才越是我们人生的短板，从这里下手才是对症下药。我的大学教授曾说：“读好书是一种高级的沟通，因为你得以进入大哲们的思维世界，和先贤们隔空对话。”读书并思考的人，就像去乡下旅行看风景；看鸡汤文不会是一场旅行，而是在别人造好的水渠里流动，虽然仿佛也走了同样的路，但所见所闻只是别人的水渠而已。

人们常说开卷有益，但开卷带上辨识力才能真正有益。如果你在阅读时携带上辨识力，那么一本书有没有营养，根本不需要读到结尾就能知道。

最后请记住，真正的好书不会是万人放飞的鸽子，也不是呱呱叫的青蛙，它们是深海里遨游的鲸鱼，在沉重而孤独地遨游。好书不会占满你的思维，却能留下足够空间给你的快乐和痛苦，以及思考。

你所接受的一切信息，构成了你的思维方式，所以，长期接受碎片化信息的后果，就是让你的思维变得狭隘、难以进行复杂的思考。碎片化信息通常具备这样的特征：

它们往往是一些事实的集合而非逻辑。

它们往往大量简化了推演过程。

它们往往将多路径简化为单一路径。

它们往往不够严谨、全面。

简而言之，碎片化信息为了达到易于习得的目的，通常会显著降低认知成本，最明显的方式就是将复杂的事物简单化。它们往往只告诉你表面上的东西，却不会告诉你背后的原理以及它与其他事物之间的联系。这里要注意一点：碎片化信息其实跟来源没有太大关系。

如果你习惯了接受A是B、C是坏的、因为A所以B的简单观念，那么，无论你是在刷微博还是在读书、看公开课，其实接受的都是碎片化的知识。我之前在一个“聪明人的思考方式是什么”的问题中提到过：“聪明人的思考方式其实很简单，就是三个字：元认知。”同样一个问题，较为聪明的人会去思考这个问题产生的背景、原因、合理性、必要性、可能性等问题，他们会拔高一层去看待这个问题，从而更容易找到一根线条，将它和远处的某个固有的“观念”联系在一起，从而拓展自己的思维网络。

所以，如果你有这样的意识，那么无论是刷微博还是读书，就都可以避免碎片化认知。具体的方式是：先花一点时间建立自己的知识体系，把你已经知道的东西梳理一遍。要如何梳理呢？以你能够说出的某个知识点的影响因素，以及它对其他事物的影响为准，顺着这样的知识点捋一遍，这个网络就是你已经构建完成的知识网络。

梦想与现实，我们该如何权衡

在理想状况下，如果你从事的职业刚好是你喜欢并且擅长的工作，简直就是老天给你的幸运！绝大多数的情况下，我们都是喜爱着某样东西，却无法去从事与之相关的工作。

近年来流行一种观点：如果你喜欢某样东西，拥有一个梦想，就应该分分钟辞职去奔赴它、实践它、拥有它——你梦想开个小咖啡馆，就应该分分钟去开一个；你梦想当作家，辞职！然后立刻去网上注册笔名起早贪黑地码字，准备成为大神；你梦想当摄影师，辞职！然后去四处旅行，用父母的钱去开个摄影工作室；你梦想做烘焙达人，辞职！马上在出租房里搬个烤箱开始自制精美的纸杯小蛋糕。

这样轻率地追求梦想，大都会以扑街收场。最惨痛的损失不是你浪费了时间及金钱，而是轻率投入的梦想折翼于现实，你会发现梦想既不浪漫也不有趣，比工作学习还会令人焦虑，最后连梦想本身都赔了进去。

因此对梦想和爱好的追逐，不应该是点火放孔明灯，全速上升，能升到哪儿算哪儿，而应该像在五月天里放风筝，循序渐进，从自己能负担的成本起步，一点一点，借风力扶摇而上，最后渐入青云之间。

我有一个堂弟，家里是建筑世家，他自己却学了商科。从考上大学那一刻起，他逢人便说自己的梦想是去纽约当建筑师，一直说到自己进入了投行工作。最近这个梦想终于随着结婚宣告终结，而他的新梦想则是尽快获得财务自由，然后携太太环游世界。

堂弟说，他终于明白了“去纽约当建筑师”并不是他的梦想，而是他贴在自己身上用来区别于金融圈其他人的标签。当建筑师的梦想可以让他显得很酷、卓尔不群，甚至在追名逐利的圈子里有了某种艺术家的气质，他才自我陶醉了多年，所以并不是婚姻让他旧梦破灭，而是成熟让他直面现实：

第一，要是真想学习建筑，他早该利用闲暇时间多学些建筑的课，或者翻翻该领域的书。

第二，这么多年来，他对于建筑设计的理解一直停留在“说说而已”，需要具备什么条件，付出什么代价，他其实都一无所知。

第三，他只能接受做一个“成功”的建筑师，而不能接受做一个“失败”的建筑师。

基于以上分析，他明白了建筑师不是他的梦想，而是他的幻想。

无论以哪种姿势去追求梦想，你首先要辨清梦想和兴趣爱好的区别，更要分清楚那究竟是真的梦想，还是你为了逃避辛苦工作编造的幻想，或是为了贴上让自己更好看的一种镀金标签。

我们每个人在不同的人生阶段都会对自己、对人生有不同的认识。

在不同的阶段，你会拥有不同的愿景、目标和理想，现实则会促使我们根据现实条件，把这些愿景和理想进行优先级的排序。但如果是真的梦想，你就会发现，无论怎么排序，你总会有意无意地触碰到它，向着它前进和努力。真梦想会自己从现实的缝隙中冒出头来，用迷你小芽招呼着你、向你挥手，即使它和完整版相差甚远。

我曾经以为自己的梦想是“当一个时尚编辑”，因为从中学开始，我就喜欢把五光十色的报纸杂志剪下来，分门别类地做成剪报。我还喜欢上网看那些好看的衣服和搭配的照片，并喜欢学习了解品牌知识。大学快毕业那年，我拿到了英国大学的录取通知，借着出国前的几个月间隙，辗转得到了一份去法国时尚杂志实习的机会。

我去的时候，编辑部条件不太好，办公室里甚至没有一个多余的位子给新来的实习生，所以我的时尚编辑生涯从坐在麻袋上办公开始，每天的工作就是分拣麻袋里面雪片般的读者来信以及有奖问卷。

一个月以后，我开始因为会揣摩品牌商的心思，能撰写好看的软文而崭露头角。主编为我升了职，我开始有了自己的座位和办公桌，为服装编辑打下手，协助他们去拍封面大片，学习专业的搭配知识，开始策划一些小的选题……几个月后，当我终于拿到了一个助理时尚编辑的offer时，我却立即就拒绝了它，并且连滚带爬地逃离了那个行业。

尽管只在一家不出名的时尚杂志社里待了几个月，它却比所有人的苦口婆心、千言万语更能向我展示这个行业的面貌、人物、付出和所得：这个行业不仅有衣香鬓影、高端派对、美美的造型，以及对海量华美服饰的抉择搭配问题，还需要你像狗一样扯着摄影师在大风天的高街店门口拉人街拍，像民工一样扛着大包去关系好的品牌那里借货，心惊胆战地和主编过选题和上缴大片样片，还要发掘、拉拢、启发好的作者，跟他们签合同、算税点、催稿费，如果飞去了某某时装周，更是要不眠不休、满脸起痘地战斗。

这段实习经历虽然短暂，却给了我非常大的收获，让我明白了时尚编辑对于我充其量就是一个兴趣爱好，不可能成为一份让我发自内心热爱的工作，更上升不到梦想的高度。

所以，当你心里有了梦想的种子，可以先尝试着兼职去照顾它一段时间，让时间和挫折告诉自己，那是否真的就是你的梦想。

在别人都刷微博、刷微信、哈哈大笑看视频的时候，咬牙坚持着自己卑微的小事业，对任何一个号称有梦想的人而言，本身就是一个考验。那些坚持不下去的人，最好也不要全职去追逐梦想，因为那根本就不是你们的梦想，而是逃避现实的手段，和全职兼职都没关系。

在现实生活里，即刻就能放下一切、全身心投入梦想的只是很小的一部分人，更多的人则是需要在现实的制约下创造条件，在有限的时间和空间内实践梦想。

那些在有限空间内做小事的人，如果真的咬牙坚持下来了，才真的离梦想更近了一步，才有充足的理由让自己停顿下来认真规划一下：现在是应该继续兼职，还是全职？全职，需要多少成本，你又会付出哪些相应的机会成本？给自己设立一个时间计划，每一步怎么走，预计到一个月、半年期和一年期的时候，能达到什么目标，如果没达到怎么办。

如果有人在经历了一切付出、挫折、犹豫、彷徨、焦虑后，还能矢志不渝地爱着这份事业，那才真的叫拥抱梦想。因为真正的梦想不会像忽南忽北的大风，吹来吹去；真正的梦想，会像大地，无论你怎么走、向什么方向走，都身处其中。

你最差的一面不能定义你

大学的时候，我曾跑去美国明尼苏达州的一个国际夏令营工作。我所在的夏令营主题是中文和中国文化，而我的学生们则是清一色的美国中产阶级家庭的12岁到16岁的孩子们。在项目里，除了进行营地的管理工作，我还需要和8个女学生同住一个小木屋，教她们文化常识并对她们进行心理辅导。

有天傍晚，我发现木屋里一个叫桃乐丝的姑娘不见了。我找遍了营地，最后在湖边发现了她。她其实一直都待在码头上，只不过是胖乎乎的背影被芦苇丛遮住了。我看到她的时候，她正在对着湖水掉眼泪。这个胖乎乎的姑娘是木屋里最疯的姑娘，而平时我最头疼的一件事就是怎么及时阻挠她偷偷地溜去男生木屋。也正因为这个，她对我总是敬而远之。

我说：“你还好吧？”

桃乐丝破天荒地回答说：“我不好。”

当我在她身边坐下以后，她向我絮絮叨叨地倾吐了许多让她不好的事情：她长得很胖，皮肤很白却有很密集的雀斑；她的父母离婚了，她和工作的母亲住，她的母亲又美又优秀，但她却完全没有继承到母亲的任何优点；她爱说话但又不太聪明，她仰慕的男生根本就没有正眼看过她；她希望自己酷酷的，但实际上和这里其他女孩儿相比，她既不酷也不美，甚至都没有老师喜欢她……

我问：“你提到的男生是蹲猫吗？”

她一下子愣住了，大概没想到我会连这个都知道。

蹲猫是我们全营地老师的“心病”。他是营地里年龄最大的男孩子，早熟、抽烟、爱逃课，同时在和三个女孩子谈恋爱，还专喜欢和副营长马老师对着干，但他也是营地里所有女孩子倾慕的对象，因为他帅、酷，而且智商高。蹲猫两个字是他给自己起的中文名字，据说和他喜欢的某个印第安酋长的图腾一致。

我接着问她：“你知道马老师怎么评价蹲猫的吗？”

桃乐丝没说话，但她全身的触角已经都竖起来了。我说：

“有一次晚上吃完饭，蹲猫在饭厅里弹琴给你们一群姑娘听，我和马老师当时就坐在外面的窗户下。她当时对我说，真没想到蹲猫不但聪明，连琴也弹得那么好，还长得那么帅，将来真是太可怕了。你知道吗？我们中国人认为，一个钢琴弹得那么好的孩子一定不会太坏——因为他没太多时间去学坏，都用来练琴了。”

桃乐丝笑了，我继续对她说：“我同意你说的，你自己并不特别，但我不同意你说的，就是你并不是那么糟。你很热心肠，每次艺术课都会主动帮忙抬道具；你很慷慨，卡崔娜是蹲猫的女朋友，她受伤了你给她用你自己的医药包；还有大家都认可你的财务管理，每次分组活动，他们都会选你当财产管理人……”

桃乐丝讪讪地说：“那是因为他们知道我跑不快……”

巡营员过来了，我们的对话到此结束。

项目结束后，我和桃乐丝还有马老师再无联系，但马老师的话却一直回响在我的耳边。马老师作为一个在美国中学有二十年教龄的老师，大概更清楚一个孩子在青春期的多面性，所以能和他们的缺点、优点和多变泰然相处。

而我和桃乐丝之间的对话，之所以会多年来仍然出现在我的脑海里，是因为我常觉得自己心里也有一个桃乐丝，在某些阶段，她就会时不时地跳出来，然后不发一言，赌气地坐在地上，觉得自己不够强、不够好，某些方面特别差，这些弱点简直要毁了我，而我则需要蹲下来，和心里那个桃乐丝心平气和地说说话。

你最差的一面不能定义你。

从出生起，我们就在为自己不停地贴上各种标签，然后背负着这些形形色色的标签，去和另一些有标签的人交往。这也是为什么我们常会间歇性地被自己的弱点缺点打败，觉得“自己太差了”“自己配不上”，可实际上，在旁人眼里，我们并没有自己想象的那么糟。

我们不会被最差的一面定义，因为人生并不会定格在你最失败的那一刻。

另一个故事是沙卡·桑戈尔。这是个来自美国犯罪率最高街区的黑人青年，在十九岁时就差点被人枪伤毙命，一年后，他用枪杀了另一个人。在监狱里，他痛恨着离婚的母亲，痛恨着自己长大的街区，痛恨着不公平的社会，痛恨着整个世界。这时他收到了五岁儿子的来信，儿子说：“Daddy（爸爸），妈咪说你进监狱了，原因是谋杀。爸爸，请不要杀戮，要祈祷。”

沙卡为儿子的信哭了，他仿佛在重新面对五岁时委屈渺小的自己。他在监狱里开始尝试写东西，记录下那些让他一步步走上愤怒、犯罪的点滴，也因为写作而开始走进了文学世界。他在狱中写道：“我在我的人生里第一次发现，诗歌如此美妙，贤者先哲们如繁星般闪耀。”

出狱后，沙卡回归了家庭，和父亲和解，在网上说出了自己的故事、感悟和人生转变。随后他开办了自己的网站，成为知名的心灵讲师，之后在密歇根大学教书，并致力于给那些没有任何机会也付不起钱找到改变之路的人以帮助。

沙卡·桑戈尔数度在演讲中提到，不要害怕与自己差的一面相处，你最差的一面并不能定义你，想想看人们怎么说我，一个曾经的杀人犯、下层分子？现在我在密歇根大学教书，每个人都有黑暗的过去和弱点。

美国著名的社会学研究者布琳·布朗曾深入研究我们心灵中最脆弱的一面。布朗研究过的对象可以分为两类：一类有着强烈的爱和归属感，对自己的价值有着与生俱来的自信；而另一类人总在挣扎，在怀疑自己是否足够好。后者的数量居多，甚至连布朗本人也属于后者——羞愧于自己差的一面，对好的一面不自信，害怕各种风险，害怕缺陷会暴露在他人面前……

在六年的研究中，布琳·布朗也陷入过自我怀疑的痛苦中，心理几乎崩溃。经过心理医生一年的帮助和自我疏导后，她学会了和自己的缺陷共存，她称这种勇气为“日常的勇气”。而她更重要的发现就是：脆弱不是软弱，因为我们都向往着幸福和伟大，那些令我们脆弱的，是对勇气最精确的衡量，恰恰也令我们伟大。

当心情不好的时候，还有什么是比坐在家里看一群翘臀长腿的美模们互撕更令人开心的娱乐呢？北美超模真人秀一季一季地追下来，喜欢过许多选手，但奇怪的是那些缺陷明显的选手反而比表现优秀的更令人难忘。

天使姐Angelea（安琪娜）开了碧池（bitch的谐音）逆袭的先河，先是对手叫她碧池，然后是观众眼中的碧池，后来她索性自己也在Facebook里这样称呼自己。在每一集的镜头前，她几乎是在竭尽全力地全方位演绎着自己对这个词语的理解：自大、狂妄、出言不逊、喜生是非；她一方面大放厥词地说自己是下一届明星，却又在面对超模合作中吓到腿软。实际上，在明星赛之前恐怕没人会真正喜欢她，即便她有些优秀的大片，人们也倾向于认为这些优秀才是偶然要素。然后全明星季的时候，她被Tara（塔娜）召回，每一个屏幕前的人都认为这是为了提高争议度和收视率的选择。不过随着她一集又一集过关斩将，逐渐开始刷新了在人们心目中的印象：她依旧碧池，但同样不掩饰真性情；她追求梦想的打拼方式极端而激烈，但你无法不被这种强烈所震撼；而在明星季中，即便外行人也能看出由她出品的优秀作品比例在提高。她那种古怪而激烈的性格虽然不招人喜欢，但流露在硬照里却别有一番引人注目的独特风格。特别是她那种自大背后的自卑、渺小同时的自信，以及非议中的不断进步和成长，反而赋予了她独特的魅力。她有张在地铁中为赞助商拍的封面照最令人印象深刻，她优雅、自信、自立、坚持的形象和那一瞬间略带嘲讽轻蔑的眼神，给观众留下了深刻印象。不过就是这样一个本应该逆袭的故事，最后却又砸在了她自己手里——她轻率地把应该保密的信息提前公之于众，让整个节目涉险，在让人扼腕叹息烂泥扶不上墙的同时，似乎又觉得这种天生的性格发生这种事故也属常理，而她最后竟凭借着过去这些年好似脉冲波一样高高低低的轨迹，走到了她几年前开始时难以企及的高度。

有人在她的照片下留言：看这个姑娘的硬照，你不会看到一个典型的超模或者封面女郎，你会想，哦，这是一个有很多故事的姑娘，一个强硬派！

不知为什么，我总是对真人秀里这些让人看着就着急的反派情有独钟。比如《飞黄腾达》里面的Omarosa（阿曼罗莎），作为一名黑人白宫实习生，她真是令人大跌眼镜，甚至为白宫感到羞耻：她聒噪、自大、自行其是、喜欢和人争吵，心比天高却又老在关键时刻脆弱不堪。亿万富翁兼唯一的评委Donald Trump（唐纳德·特朗普）对她的评价是：“你真的很差！Omarosa，让我听听这次你又有什么借口。”比起一群高智商、高情商、衣冠楚楚的精英，她从外表到姿态再到谈吐都实在太过高调和扎眼。

但在有一集的拍卖竞赛中，她扭转了人们对她的印象。她所在的队伍对艺术鲜有所长，对高端拍卖也畏首畏尾，整个晚上战绩不佳。而穿着晚礼服的她是一片焦灼面孔中最镇定自若的一个。她优雅自信地陪伴着一个又一个上流社会的买家，将艺术家的思维翻译成普通人可以读懂的信息，再升华成他们爱听的语言。最后一位女士终于在最后一分钟买了一幅小黑猫的画像，那是他们整晚唯一的交易，却也避免了在评委前留下“零”的成绩。她在那一刻散发的光彩，比前面数集里造成的麻烦更令人难忘，像极了被她成功卖出的那张画里的小黑猫。

在研究中她发现了羞耻心。羞耻是害怕自己身上最差的部分被别人知晓、害怕这些弱点会让别人觉得自己不值得交往、不值得爱，羞耻的背后是“我不够好”：不够苗条、不够有钱、不够美、不够聪明、职位不够高……可是矛盾点在于，为了和别人交往或生活，我们又必须开放自我，让自己的缺点优点都被对方看到。

最大的荣耀不是成功，而是完成

周末的时候，有朋友发来一套最近疯传的暗黑思密达漫画《整容液》，我一口气看完了整个系列，突然心中一动，奔向书橱，从最里面拖出了自己的大画夹。画夹里有我在大学时期的悬疑漫画作品——被涂抹的脸。

还记得这部作品大概花了我一个学期才完成。那时，我每周末从学校回家，除了休息，就是涂涂抹抹。画完后很开心，觉得虽然不是很完美，但在当时的大陆漫画界应该也算OK了。于是怀着这种侥幸心理，我尝试着投了一次稿，可没过多久就被退稿了。我心情很低落，再看的时候，就觉得画风幼稚，情节不连贯，故事也不是原创的，分镜和效果做得也不专业……总之处处都是毛病。当时虽然有心再投，但听说很多漫画杂志对稿件不太尊重，经常会有破损发生，于是我就再没投过，甚至因为这个作品有很多缺点，也不好意思再拿给别人看。在那个博客都尚未普及的年代，这个东西就被压箱底儿了。

现在，看着十二年前虽然稚嫩但很坚定的笔触，突然一个念头钻出来：既然都藏了这么久了，不如分享出来让大家都知道一下吧！于是我随便拍了几张画稿，发在了朋友圈里。结果一个上午，我的朋友圈就被引爆了，不仅同学、同事依次来参观点赞，不太熟的人也跑来留下了评论。有人提议应该组织众筹，几个90后的小妹还一定要我收下她们“二次元的”膝盖……

沉寂了十几年的画稿，突然一下子就让我沉浸在了许多祝福赞美和快乐里。好在我还挺清醒的，当年画技不佳倒在其次，其实主要还是弱在情节上，如今的我倒是有了构建真正曲折故事的实力，却又因为十多年不动笔，已失了画技。其实创作过程还真是艰苦：用着几块钱的墨水钢笔涂黑，用十块钱一沓的不透明网点纸，当时没有带灯的书写台，我就把画纸放在向阳的窗户上拓印，再用剪刀把网点剪下来贴上……

这是我大学时代最难忘的经历，尽管也知道自己不是这块料，我却比谁都积极地添置画材、买教科书、研习技法，东拼西凑地借书、借盘、借画集，收集周边贴纸……这些都带给了我许多单纯而实在的快乐。现在看来，这个作品带给我最大的欣慰，不是因为它有多好，而是因为当时的自己克服了重重困难，只凭着一腔热血就坚持画完了整个故事。

虽然画漫画这个爱好随着大学时代的结束而终结，现在的我也不再有那种不顾一切要画的劲头，但好的漫画仍会感动我，在普通读者视角外，我时常会自觉地留意别人的技巧。自从有了公众号，我更笃信画画的技能会在未来帮到我，以更生动确切的形式，把生活趣味和奇思怪想分享出去。

通过这件事，我有几点感悟：

第一，如果你有一个爱好，在任何年龄都值得你去尝试一下。不要拷问太多与成功相关的问题，90%的情况下它都只是丰富你业余生活的爱好，既不会带来事业的成功，也不会带来人生的转折，但是哪怕它不能带给你成功，却仍然值得你去做，只因它带来的单纯的快乐是无价的。

第二，至少有一次应该挑战下你的舒适区，全情投入地做一个作品出来。如果你喜欢写或者画，或者别的什么，就全情投入地做一个作品出来，哪怕不完美，也是给自己一个真正的交代。我始终深信，一个人为了真正的喜好，是可以克服重重困难，长久投入的。不为炫耀，只为铭记。

第三，不要害怕和身边的人分享那些并不完美的作品，这是我的教训。很多人一旦面对自己的作品，就会像当年的我那样脆弱敏感，被虚荣、自尊左右，害怕别人对自己的心血妄加指点。不要想太多，绝大部分认识你的人都会为你的全情投入点赞。同样的作品，在一千人眼里，也会有一千种视角：漫画家会觉得还不够专业，朋友会惊诧于身边的你还有如此技能，悬疑爱好者想知道情节，同好想知道起步时该怎么学……

想想高木直子是怎么凭着“幼稚的”《一个人住第五年》成功的——不是画技有多炫，不是画风华丽，更不是情节复杂，而是因为她画的就是她的生活日常、真实的喜怒哀乐、令人莞尔的瞬间。尽管不是大师级别，我们却被她深深地打动了，从中看到了卑微却持久的努力，也看到了平凡和勇敢的自己。

你所等的那个“合适时机”永远都不会来

我曾经做过一份工作，当时我的直线经理找我谈话，我俩的话题很新颖：不要惧怕升职。

是的，我曾经就是一个惧怕升职的人。

我不是不想要更高的title（职务头衔）和薪水，但伴随升职而来的角色转换的压力会令我胆怯。当你做初级工作时，只要凭技术做好手头的工作即可；而升到经理角色，就需要承担一定的销售指标。再比如以前的工作，管好自己就行；而再上升就需要管理其他同事，偏偏这些归你管的人又不能由你指定，往往那都是些桀骜不驯的主儿，那么你自己的压力就会变大，还有升职往往和“临危受命”有关，一个外地项目接连走了三个项目经理，需要你接受任命硬着头皮顶上去……我总会在关键时刻退缩，并提供出正当且充分的理由：我还没有准备好，以我现在的能力恐怕很难胜任……

很长一段时间里，我对自己能如此“脚踏实地”和“谦逊有加”而扬扬自得，我觉得这么做说明自己是一个负责任而且谦逊谨慎的人。直到辞去了那份工作，老板离别时给了我一句发自内心的忠告：希望你不要太过安于现状，要多些进取心。

我很吃惊，也很不服气：我不是不肯抓住机会啊，是时机还没到啊！

我有一个朋友的经历和表现，却恰恰和我相反。

她在职场上是公认的“好人牌”软柿子，比我还要安于现状，唯一的愿望是年假还能多休几天。结果两个派系的领导打架，最后落得两败俱伤，单位部门重组后斟酌了半天新部门人选，选来选去便选中了她——因为只有她不隶属于任何派系，不会激起太大的矛盾。

被赶鸭子上架的朋友并不乐意，因为这个部门领导的工作并不好干，既要像浪尖上行船一样有高超的平衡技巧，还要懂得将处事说话的技巧拿捏得当。朋友不想干，又不知道怎么和上面的头儿说，辗转反侧之际被任命，据说她没有欢天喜地，反而被催生了华发。

不过上去也就上去了，看起来很难的事，拆分到每一天，也就过去了。问题当然不少，但好在部门刚血洗过一回，无法在短时间内二次震荡，于是一些难处也被她咬牙撑了过来。结果她居然在那个位子上干了两年，后来被猎头挖去了一家北欧的公司去做相同职务，虽然title相同，薪水却翻了几番，人际关系也简单了许多，而她本人则凭借着“得体”和“考虑周全”深得老板信赖。

面对机会和重大的决策，我们最自然而然的反应就是等一个合适的时机，可是什么才是合适的时机呢？我们并不清楚，也没想清楚，就把答案稀里糊涂托付给了未来。

美国思科（CISCO）的首席技术官帕德玛锡·华莱尔曾被问道：“你从过去所犯错误中学到的最重要的教训是什么？”

她回答说：“当我刚起步时，我拒绝过很多机会，因为当时我想‘我这个水平还胜任不了这项工作’或是‘我对这个领域还不了解’。现在回想起来，在某个特定时期，迅速学习并做出成绩的能力才是最重要的。如今我常跟人提到，当你寻找你的下一个目标时，其实并没有所谓的完全合适的时机。你得主动抓住机会，创造一个适合自己的机会，而不是一味地拒绝。学习能力是一个领导者必须具备的最重要的特质。”

帕德玛锡的回答给了我们三点启示：

（1）女强人也不是一上来就无所不能、准备好一切才上战场的，她们在最初往往也是被推上战场的。

（2）生活中没有一个完全合适的时机，除非你“逼”自己一下。我们的恐惧往往来自对自己能否胜任的不确定，还来自对将要承受的压力的恐惧。越是平时喜欢思考、喜欢规划的人越容易怀有恐惧，反倒是平时大大咧咧或者功利主义的人不会那么多虑，欢天喜地地就上去了。至于怎么适应更高的职位，可以先做了再说。由此可见，“做了再说”比“先想后做”要好，迅速学习、做出成绩才是主要的。

（3）在快速发展的社会，抓住机会最重要，不要顾虑是否需要踮起脚尖。坦白地说，在职场上能给你一个机会已实属不易，没有哪个领导会去反复劝说沉默谨慎的人申请更高的职位。更现实的是，你可能觉得自己不够格尝试，但在你身边却有的是能力不如你却敢于尝试的人。你不去，他们就会去，并且会以更快的速度跑上去。

有关“合适的时机”问题不但出现在职场上，也常会出现在我们的生活中：什么时候换工作，什么时候出国，什么时候结婚，什么时候要孩子……对于这些常见的问题，大家往往给的都只能是模棱两可的答案：现在还不合适，等条件成熟点儿再说吧。

什么时候才是“合适的时候”呢？这个问题很难回答。有趣的是，假如这些事情在未加计划的情况下发生了，比如被猎头打电话建议跳槽、意外怀孕有了孩子等情况下，大家都能欣然接受。可见我们的内心都愿意拥抱一些改变的机会，却又本能地抗拒着改变会带来的风险。

经过这些年，我突然明白了：机会并不来自你的选择在未来包含了多少风险，而来自一个人对某件事的全情投入和你愿意为之付出的努力。如果我们总是像坐在自动扶梯上一样被动地等待着什么好运降临，一般都不会有期待中的好事儿发生。

雅虎总裁梅耶尔曾在一次演讲中提到，人们应该去做一些还没有准备好去做的事情。做一些你感到害怕的事，意味着你将向前迈出一步，你将会学习新的东西，你将会成长。

当然，逼迫自己打乱自己的节奏，向上向前够一够，必然不是一件轻松的事，我们需要找到自己的节奏。看看我们自己，再看看周围，你会发现，那些对职场、对生活不满意的人，真正不满意的并不是环境，也不是自己不够好，而是自己没有尝试过转变，去做一个更好的自己。

我们需要清楚的事实是，生命中永远不会存在一个“完全合适的时机”，让你能够去做某件事情。如果你打算做某件事情，不要等待，从现在就开始着手去改变。尽管你并不自知，但其实你已经有了足够的能力和力量去实现这个你希望拥有的改变。

而放弃自己力量最常见的方式，就是认为自己毫无力量。

哈佛女校长的“车位启示录”

哈佛大学有一门最受欢迎的公开课叫幸福的科学，在MOOC（开放式网络课程）平台上点击率也是一直居高不下。这至少说明了两件事：

第一，绝大多数人都在追求幸福，即便已经进了顶级名校或者进了顶级公司的成功人士也不例外。

第二，成功不代表幸福，否则幸福就会变得简单很多。

幸福比成功更难以定义，因为成功是容易量化的指标，比如职务、地位、财富和声望等，但如何定义成功，才能使之产生并包含真正的幸福，而不仅仅是指职务、地位、金钱和名望，这才是真正的难题。

人生面临的诸多选择中，因为幸福难以衡量，所以选择中最常遇到的难题是：究竟是应该去追逐内心期望的，还是应该选择经济回报最高的？

如果追逐内心想要的，就怕追求不成，鸡飞蛋打；可是若一味追求经济回报最高的，又觉得那未必是自己想要的，反而更痛苦。

我的一位朋友在本科毕业前拿到了美国硕博连读的社会学奖学金，录取她的学校是常春藤联盟的学校之一，但这个学校却是有名的博士难毕业，据说她要学的专业方向硕博平均要八年才能毕业。

她陷入了艰难的选择，让她煎熬的问题包括：这个专业如果很难毕业怎么办？国内绝大部分留学生都留在了美国，她自己想回来怎么办？未来工作的出路在哪里？回国后的出路在哪里？如果不接受这个offer，出路又在哪里？现在找工作的话又可以去哪里？

这些核心问题，以及由此衍生出来的关于学习、工作、家庭、人生规划的问题有好几百个，当年她把自己和身边的一群人都折磨得够呛。她通常是早上醒来一个主意，思考了一天，晚上睡觉前又换了一个主意，半夜起来后想法又变了……

幸运的是，在经历了长达两个月的心灵折磨和广纳建言后，她决定遵从内心的声音，暂时搁置现实中的种种难题，奔赴美国读下去。在内心深处，她是真的喜欢看书、写作、做学术研究，踏踏实实地埋头思考钻研问题。至于就业、去留等问题，虽然也会令她担忧，但她还是决定要选择自己喜欢做的事。

几年后她顺利毕业，而不是传说中的八年。她在美国一所很好的大学做了几年讲师，之后跟随一个合作项目又回到了国内参与共建，并开始担任部分管理工作，项目所在地的氛围和软环境可以继续为她提供很好的研究氛围。从结果来看，她真是一个很幸运的人。

人生如果能够预先得知结果，将会免除我们绝大部分烦恼。但现实是，我们面临的所有选择，都只有试过了才会知道。

在漫长的一生中，不论你喜欢的是绘画、生物、金融还是写作，如果你不去尝试、不去追求你认为最有意义的东西，总有一天，你会感到苦恼和懊悔，别的领域的成功并不能很好地抚慰你。

我听过一个很有意思的演讲，演讲者是哈佛大学的女校长凯瑟琳·福斯特，她独创了一种“停车位”理论，据说已经反反复复地讲了几十年，与无数哈佛毕业生分享过。

她的理论就是：“不要因为觉得肯定没有停车位了，就把车停在距离目的地二十个街区远的地方。直接去你想去的地方，如果车位已满，大不了就再绕回来。”

我听后觉得深受启发：人生的道路如此漫长，总有时间去实施备选方案，不要一开始就退而求其次。

我的第一份工作是在美国的咨询公司，那是当时的名校毕业生们梦寐以求的高级工作。

有次出差回来，我和同一公司的两个校友吃饭。师妹说：“我连续一周加班到午夜才回家，坐在出租上看到连路灯都要睡着了，难道这会是我一辈子的生活状态吗？”这话触及了我的伤心处，便接嘴道：“我最受不了咨询顾问的一点，就是好像永远都在马不停蹄地做背包客，没有一个可以安居的场所。”这时我的师姐说：“没那么糟吧？你们难道不觉得，和聪明人一起工作，像解题一样地做项目是一种乐趣吗？”

那顿饭是我们最后一次聚餐，我和师妹相继离开了咨询公司，而师姐没过多久就跳去了麦肯锡，一路向着她所期待的职场位置、生活位置，稳步前进。并不是带有光环的工作就是世界上最好的工作，你有可能是真心喜欢咨询、金融、教书或者写作，但也有可能只是被这些工作表面的光环和描绘的未来愿景所吸引。

现在想起来，师姐是真的热爱并适合这个行业，无论是高速运转的项目、不断接受挑战的高强度思考、频繁辗转于不同领域的快速学习，还是“work hard（拼命工作）”“play hard（拼命玩）”的理念，都让她由衷地感到兴奋而有动力，而我和师妹内心向往的则是一份更安逸、稳定，可以在某个领域深耕下去做专业人才的工作，我们更多的是受到公司“光环”的驱使，而非受到“梦想”的驱使，因此难以体味工作的乐趣，反而会怨声载道。如果你真心喜爱一份工作，其实它就是你人生的最佳选择，一定要直接奔过去，哪怕从低处开始也没关系，但是如果你的选择并非出于真心喜爱，那你就不可避免地会在今后日子里遭遇许多失落犹豫并承受苦恼，如果是那样的话，不如尽快回归那个你真正喜欢并愿意为之全心投入的工作。如果在醒着的时间里，有超过一半时间都在做不喜欢的事情，你将会很难感受到幸福感和成就感。

幸福是在人生的选择中实现的，而我们在选择道路的同时，往往又会怀疑自己的选择。其实当你举棋不定的时候，往往内心深处是知道自己想要什么的，只不过你不确定自己想要的能否成功而已。

教育会教我们怎样成功，而想要幸福，却需要我们知道怎样去生活。实际上，幸福的秘诀很简单，问问自己，如果没有内心的恐惧，你会想要什么，然后放手去做。

不要因为觉得停车困难而随便找个地方停车，要把车直接开去你希望的位置。在醒着的时间里尽可能地去追求你真正想要的，才有可能离幸福越来越近。

把你能做的做到极致，剩下的老天会帮你完成

一天，一个刚拿到风投的朋友给我打电话，他们缺一个资深的电话客服做领队，要求最好是做过运营商的客服，担任过电话销售指标，并且带过团队。他愿意开出的薪水高过了我的预期，我反复问了两遍，才确定他不是在开玩笑。他之所以找到我，是因为多年前我给几大运营商都做过项目，而我又刚好认识一个符合要求的资深客服小甘，只不过已经有五六年没联系了。

我试着拨了小甘的电话，一下子就拨通了。我和她相谈

甚欢，她告诉我她三年前就离开了原来的单位，去了一家互联网金融公司组建客服团队，现在她60%的角色是客服团队的负责人，剩下的40%还会参与到产品设计和其他部门的管理建设。

她感慨道："当初真没想到会有这么一天。"

我说："我倒是想到了，只是没想到会那么快。"

我和小甘是在一个项目上认识的，那时我被公司派去运营部门做一个与客户忠诚度相关的项目，当时小甘作为客服团队的代表参与到了项目中来。在认识小甘之前，客服人员只存在于我有限的打电话记忆里。

可是小甘带我全天候"驻场"一天，我对客服两个字的认识就有了翻天覆地的变化。二十几个姑娘坐在逼仄的屋子里，每人蹲踞在一个高板子围成的格子间，从开始上班就戴着耳机不停地说话，查询、道歉、感谢、提问、推销、答疑解惑……厚厚的一本手册和新产品的条款存储在她们的脑海里，可以随意抓取。这是需要精神高度集中和紧张的工作，客服姑娘们个个训练有素、打字如飞，只有短暂的几秒钟可以喝口水，上厕所还要轮流着小跑着去。

我当时对小甘说："妈呀，这也太辛苦了！"

小甘憨憨地笑着说："好在我们是大企业，习惯就好了。”

小甘当时是早班外呼团队的组长。

我们熟了以后，我发现这哪儿是组长啊，简直就是“班主任”。

工作上谁落后了，她得先进帮后进；新产品推出后，她得自己组织材料培训；没法解决的技术问题，客服只能上传下达，她还得去开导被用户骂得狗血淋头的小姑娘……

我去做项目那会儿，客服团队也背上了销售的指标，而小甘就是那个要对小组的销售额负责的苦逼队长。她大概觉得我俩年龄相仿，我又“见多识广”，因此经常会在下班后拉着我进行各种销售战术讨论。可我对此毫不感兴趣，下了班就只想吃喝玩乐。我俩面对面坐着喝饮料的时候，她老人家居然捧着一本《电话销售中的心理学》在看。她提炼了咨询公司的培训材料，又自己编纂了一套文案，每天晨会时都拿支笔记录下队员们觉得最有效的几句话。这还不算，我亲眼目睹过她在商场花车上买双袜子也要和卖袜子的交流下销售心得。

这样的努力在聪明人眼里简直太“笨拙”了，我曾亲耳听到另一家顶尖咨询公司的两个分析员评价小甘“太轴了”。那两位都是顶尖商学院的毕业生，似乎并不认同小甘的牛劲和韧劲。

我的项目结束后，曾和小甘通过一次电话。那时候小甘跟我说，她们团队开始普及英语学习了。因为随着当地产业形态的升级，外国用户的比例也在上升，一个团队总得有那么一两个会说英语的指标，“唉，大家都压力那么大，只能我上了呗！”

我和小甘也曾探讨过未来。小甘对我说，她只是大学专科，当初是托关系才进去的，已经觉得很满足了。她当时的理想是等业务更加精熟后能成为班长，那就是她所期待的事业巅峰了。

可是，谁也没料到，几年后小甘所在的单位受到了巨大冲击，而她所在的客服团队，居然成了许多急于落地的互联网公司挖人的“黄埔军校”。第一批人走的时候，小甘没敢动，后来她终于没忍住，跳了出去。

如果让我只用一个词评价小甘留给我的印象，就只有“努力”二字。在我们相处的日子里，她问过我很多问题，却唯独没有问过我“我这么努力有什么意义”。社会上最多的就是头脑灵活的聪明人，像小甘这样苦哈哈埋头努力的人已经越来越少。我想，这样的“傻”劲恰恰是这个社会最稀缺的资源。我们当今最大的挑战，其实根本不是我们的智力或者情商，我们根本不是学不会或做不到，而是在这一切发生之前，我们就已经开始预判这些事情的价值和意义并且发问：这样做有意义吗？

读书是没有意义的，反正考试老师会划重点。

学语文没有意义，反正将来会出国。

苦哈哈地写论文没有意义，因为对找工作没有帮助。

好好工作也没有意义，没看见某某某创业都拿到A轮融资了嘛……

这大概就是机遇为啥还没有上门的原因。机遇大概已经找过你了，只不过当时你还没有准备好。世界上没有立竿见影的努力，也没有全然无功的经历。如果你天赋平平，就要保持对世界的进取心和好奇心，不要质疑努力的作用。

整个过程有些像爬山，你在山脚下的时候，往往丛林茂密、遮天蔽日，你既看不到这条路的方向，也无法预期一路上会有怎样的际遇。

等你爬上去了，一览众山小，就会想，幸亏当初努力了，而在你成功的时候，其他人却还在坐着说：“这有什么用？”

NI ZHISHI HAIWEI QUANLIYIFU

你只是还未

全力以赴

第三章

总有些成功，要与世俗保持点距离

你知道光和光怎么打招呼吗？它们说：黑暗中见！

建一块你自己的梦想试验田

因为工作关系，我曾陪同几个天使投资人一起做项目面试。因为投资人在业内颇具口碑，所以当天面试的项目创始人大都自身条件优渥，都属于“见过大世面”的人。

唯一一个不同的团队成员，是两个还在上大学的小伙子。

他们想做一个结合了填报志愿及职业规划的业务，并用手机App（智能手机的第三方应用程序）来承载。他们提出的切入点很新颖，可是缺乏对市场的整体分析，也没有做过全面的客户洞察，但是他俩在当场陈述时的热情和闪光点，深深地打动了投资人。资深的那个投资人问他们：“这款产品我们不会投，但我想邀请你们为我已经投资的项目工作，你们可以一边工作，一边学习做产品，还能结识更多的人脉，你们愿意吗？”

结果两个人半秒都没犹豫，异口同声地说：“不愿意。”

投资人惊诧地问：“为什么？”

一个小伙子轻蔑地笑笑：“我觉得在现在的社会，找到投资不是难事，如果有自己当老大的机会，为什么要给别人打工？”

另一个小伙子内敛一些，皱着眉头反问投资人：“我不明白为什么你们做投资的总是戴着有色眼镜看人，一听说我们是没毕业的大学生就低看我们，除了少几年经验，我并不觉得我俩比别人差什么。”

投资人碰了一鼻子灰，悻悻地住了嘴。我在心里连连叹息：唉，殊不知你们最缺的恰恰就是“几年经验”啊！

从他们所说的话来判断，这肯定不是第一次被人因为没工作过而拒绝投资，但显然这并不能简单归因于投资人们对“在校大学生们的偏见”。如果真的有偏见的话，投资人根本就不会花时间见他们，要知道时间可是比金钱更宝贵的东西，有哪个投资人会花上半个小时的时间听你说话、给你建议，就为了“看扁你”？愿意花费时间去聆听和建议，这种行为本身就是一种肯定。多少有工作经验、条件还不错的申请人压根儿就没有面谈的机会，而两个小伙子所谓的“除了少几年经验，我们什么都不缺”的豪言壮语，真不知从何而出。如果一个人不能客观地评价自己，并对市场和趋势进行分析，又有什么资格评价自己“什么都不缺”呢？

当有人问“你们有哪些竞争对手”的时候，他们竟然说“没有对手”。连我都知道有几个中型机构两年前就已经完成了线下的布局，正逐步转到线上。他们这种不了解市场又自信满满的状态，可见一斑。

偏偏当天的投资人非常有耐心，给他们解释了并没有低看他们的意思，并介绍了其他项目的情况，告诉他们，其实两人有非常良好的底子，只不过在校园里视角不够宽阔，人脉也很局限，通过在别人的项目中边工作边成长，只要有2~3年的时间，他们就可以了解到行业的态势、投资人的心态、运营的窍门和游戏规则，还可以接触到很多业内高人。

但似乎投资人越这么说，两个人就越认定了自己的项目好，具备某些令人“割舍不下”的超级潜质，两人一直咬紧了牙关坚持到底。

投资人最后问他们：“万一你们的项目失败了，你们是会再创业，还是进别的公司呢？”

两个人笑笑回答说："在这个阶段，我们是不会想失败的。"

他们这样的回答是挑不出什么毛病，但让人总觉得更类似于鸡汤励志文的言论。投资人的建议其实是善意的，也并没有否定两个创业者的能力，只是觉得他们暂时缺少一些基本的功底、技能和人脉，而这些又恰恰是可以在某一领域内快速学习和积累的。而两位小伙子的拒绝，并不是出于客观的分析和理性判断，而是出于他们对自己的估值和急于成功的迫切之心。

我们的生活里充斥着一夜暴富和一夜成名的故事和新闻，它们会带给我们一种错觉：仿佛只要敢于抛弃一切、来场全情投入的人最后都成功了，可实际上那只是小概率事件。

越是高度不确定性的事情，结果分布越会两极分化。如果循规蹈矩地行进，投入产出比的相关性才更强。比如互联网界最热门的一本书《从0到1》，讲了这样一个事实：Peter Thiel（彼得·蒂尔）投资了许多项目，而Facebook一个项目的回报超过了其他所有项目的回报。连独具慧眼的投资人投资的项目都不可能个个成功，更不用说那些凭借一技之长、一己之力就想单枪匹马出来创业的项目了。

要知道，这世界上绝大部分事情在你没有身在其中并做到一定程度之前，都是不可能用现有逻辑去评估和理解的。对于普通人而言，当你还不具备深厚的积累和足够的辨识能力时，不应该好高骛远，而要从低处开始、最小成本地去切入。也就是说，在真正破釜沉舟之前，应该先小范围、有止损线地实验一下。在没有找到火箭前，先多掷几回骰子，磨炼出感觉以后，再来一场倾情的投入也不晚。

我有朋友是网文爱好者，有段时间特别想辞职，专职在家当网文作者。

这个想法本身是OK的，可是当我和她聊的时候，却惊讶地发现她将全职写作这件事想得太简单了。她只想着辞职以后每天早睡早起、早上练瑜伽后，在桌前的阳光下喝着咖啡，悠闲地写着自己喜欢的东西，却完全不知道大部分网文作家的生活其实是晚睡早起、一日三更，上架加V（付费阅读）后还要被各种字数任务在屁股后面催着跑。

我的朋友期望能在网络上写长篇，可是这更多是因为她自己追文的时候喜欢看长篇，长篇怎么也得在五十万字以上吧？而她上次写长篇的经历，是去年旅游回来后连载的一篇攻略，写了两万字已经差点要了她的命了。

通过进一步聊天，我发现，她之所以想辞职成为网文作家，既是因为写作的情结，也是因为她厌烦了工作。所以我俩探讨后的结果是，她决定辞职写文的条件尚未成熟，还是先申请一个微信公众号，开辟一块自己的“梦想试验田”比较好。

两个月后，试验田有了效果。她的第一个发现是，即便是满怀热情，她也无法坚持每周三篇千字以上文字的输出——这不是写作时间不够的问题，而是因为她自己的内在沉淀不够。她对写网文这事有了进一步的思考：自己长期的目标和发展在哪里？才两个月她就已经觉得自己输出的超过了每天输入的，她很难想象一个人在家孤立地写作，如何才能保证长期信息和智识的供给平衡。

当然，通过这块小小的试验田，她也有了许多收获，比如坚持写作后阅读量骤增；再有，她发现自己擅长的并不是长文，而是短小精悍的小故事。

这块小小的梦想试验田只耕耘了不长的时间，她就能拥有如此众多的认识和收获，真是不简单。这也告诉了我们一个道理：与其临渊羡鱼，不如退而结网。不过结网后不一定首次就去海里捞鱼，可以先去自家门口的池塘里试试水。

我们每天似乎都在面对许多机遇，但成功却并非唾手可得。这个社会对真相和事物本质的探寻往往流于表面，且因为等待成果的路途又太过漫长曲折，导致人们总是错误地以为，只有借助捷径最先成功的那个，才是值得追求的目标。

然而形势如此瞬息万变，环境如此错综复杂，在野心和壮志之外，如果真的心怀梦想，就不要惧怕先从眼前的一点一滴开始——最低成本地切入，突破自己的舒适区坚持下去。真正的梦想，必须要经过真正的实践、坚持、彷徨和选择才能脱颖而出。如果你是一个梦想的实践者，在迈向蛮荒之前，不妨立刻给自己一个机会，先开辟一块小小的梦想试验田。

千万不要认为自己只是个卖蛋糕的

讲一个真实的事。

前两天公司年会，需要找一个餐点供应商，先后有三家供应商前来洽谈。

第一家是专做下午茶供应的，给我们看了许多点心酒水的照片，从色泽到造型都很漂亮。

第二家是自己创业的小姑娘，看着就很舒服。她给我们看了绿色环保无添加的食品原料，以及她亲自烘焙的成品，最后说她除了提供茶点外，还能提供场地布置，并给我们看了她为婚礼现场做过的布置和装饰。

第三家是一个餐饮类互联网公司，食品没有第一家那么美妙，但也不错；材料没有第二个小姑娘那么环保，但肯定安全；另外还能提供场地布置。

初次见面后，第一家就out（出局）了，因为他们明确地说做不了场地布置，而对于一个公司内部的年会而言，场地布置很重要。我们又打电话与第二家和第三家沟通了一次，探讨了一些细节以及流程上的问题。从细节的精致程度而言，第二家无疑最棒，小姑娘还发过来了一些场地布置的创意图片，非常impressive（吸引人）。但是她有两点欠缺：因为没有注册公司，所以小姑娘无法提供发票；因为只有两个合伙人，所以她无法提供酒水代购。而第三家呢？其实它有些细节规划得不是很圆满，但它的名气还算过硬，口碑还好，更重要的是，可以提供正规发票，也可以提供酒水。

这下我们纠结了。从内心而言，我们都被创业的小姑娘打动了，非常希望能给她一个机会。于是我们再次和她沟通了一下发票的问题，希望她能找开公司的朋友帮她解决正规发票的问题。但是她找了一圈后，告诉我们没有朋友能解决这个问题。而第三家公司在得知我们又单独联系了小姑娘后，特意派了客户经理上门，还丈量了场地，并且告诉我们，他们不但能代购酒水，还愿意免费提供两百个玻璃香槟杯，届时摆成瀑布阵，以便酒会上老板发言后开香槟和大家庆祝。就是因为这个香槟瀑布的方案，我们敲定了这家供应商。

后来年会进行得非常顺利，第三家供应商做到了他们承诺的所有东西，几乎所有参加年会的同事包括大老板都拍摄了照片发送了微博，网上赞声一片。大老板还随口说了句，以后类似的活动都还要找这家供应商，“做得非常好”。然后公司的high tea（下午茶）也外包给了这家公司——一个好的开始，为他们赢得了一年源源不断的订单。

所以，如果你是一个卖蛋糕的，千万不要以为自己只是一个卖蛋糕的。同理，如果你是一个画插画的、写稿子的、开淘宝店的，你千万不要以为自己只是画画的、写字的、开店的，因为你不是在提供单一的产品，你还在提供着相应的服务。只不过开始时，你不得不免费提供你的服务，从而换取对方的青睐，等你发展壮大以后，你可以尽情地把服务打包成产品的一部分，然后把它的价格算进去。

看到这里，如果你以为提供产品+服务就能成功，那你就又错了，现实的情况往往要复杂很多。很多时候，你以为你已经竭尽所能地提供了尽善尽美的服务，可还是会在竞争中输掉；或者有时候能赢，有时候会输；再或者有一段时间你是赢的，但你最终还是被其他人干掉了。

再回头看前面那个故事：第二家供应商的小姑娘也提供附加的场地布置服务，却输在无法提供发票上；而第三家供应商的订单安然无忧地被锁定在了香槟瀑布的方案上。这个世界赢得买卖的真谛是：你卖给客户的不能仅仅只是商品本身，也不能仅仅只是服务本身，甚至不能是简单的产品加服务。你需要卖给客户的，是“一揽子解决方案”。从产品+服务的角度来看，小姑娘已经做到了极致——她的一个烘焙小作坊，能做那么美妙的点心，还能提供那么有创意的场地布置，但从提供解决方案的角度看，她还是没能完全解决我们的问题：不提供发票，我们的财务问题怎么解决？难道要自己凑发票？不提供酒水，我们的饮料怎么办？还有盛酒水的杯子我们要怎么搬运和摆放？你需要卖一揽子解决方案，其实还隐藏着第二个深意——你需要从客户的角度去思考客户的“使用场景”，而不是从自己产品的角度出发，去考虑“配合产品还能提供什么服务”。

第三家供应商弄清楚了我们年会的形式、内容，当他们设身处地地设想年会的“使用场景”时，自然而然地就考虑到了老板发言这一重要环节，并且提出了香槟瀑布的点子。他们不但从食品、服务、财务方面提供了解决方案，还为策划年会的团队升华了解决方案，让老板出乎意料满意。所以，你并不是卖出你已经拥有的，而是要把可以解决对方问题的方案打包卖出。更重要的是，你要知道，其实这个世界上的人比他们自己所认为的还要害怕麻烦，绝大多数情况下，他们并不知道其实自己愿意溢价购买一揽子的解决方案。

如果你是一个可以产出产品的自由职业者，你总会发现在前进的路上有那么一个瓶颈，在这个瓶颈期，你会困惑下一步该怎么走，是扩充品类，还是提高质量？是做每个产品的附加服务，还是投入成本做产品营销？

这时，也许你需要考虑的是怎样更好地给对方提供解决方案。比如你是个开网上童书店的，别人卖童书，懒点的什么都不写，勤快的都去豆瓣和当当上复制粘贴内容、评论，而你还会有更多的一些描述，比如适合多大的孩子，怎么有趣，以及这本书能带给孩子的价值；你还有个微信号，偶尔会发点育儿感悟，和买童书的家长们互相吐槽推荐。你做的这些不能简单地概括为产品+服务，因为你解决了一个问题：在孩子成长的某个阶段，父母总需要为他挑选出合适的成长书籍，而从撰写营销文案开始，你就已经开始致力于服务并解决这一问题了。你在文案中提供了父母们需要的信息，又通过微信平台向他们提供了交流的平台和渠道，所以解决方案会比单纯的产品+服务更为复杂，它是“产品+服务+情感+营销+一切环节因素”

的综合体。

如果你做设计师，卖的只是平面设计图吗？不，你卖的是如何让顾客们一看就想购买的解决方案；你卖的是广告文案吗？不，你卖的是让约你稿子的人可以顺利完成工作并且不会惹老板或甲方不高兴的解决方案；你卖的是生日礼物吗？不，你卖的是年轻父母让孩子有个难忘生日的解决方案；你卖的是美国奶粉吗？不，你卖的是让妈妈们让孩子们吃上健康安全有益的食品并且确保不是假货的解决方案。

话说到这里真的要结束了，但需要说明的是，最近我们又联系了一次那个小姑娘，想看看是否可能从她那里预订生日蛋糕，然后我们却发现，已经过去了两个多月，她仍然没有发票，所以我们无法从她那里买蛋糕。

我内心深处觉得非常非常惋惜，如果你是一个卖蛋糕的，千万不要认为自己只是一个卖蛋糕的！

执者失之，试者得之

有个做电信业技术的朋友找我聊天，他觉得自己所在的行业正在衰落，那些行业内红极一时的公司都不行了，他想转型又不知道应该往哪里转，所以很迷惘也很着急。

有个来自TOP500强公司的工程师朋友找我聊天，觉得他们公司快不行了，核心产品已被新技术边缘化，用户使用习惯有了颠覆式的改变，她不知道自己该转型还是创业，还是继续留下，因此很迷惘也很着急。

还有个做服装的朋友来找我谈心，她曾野心勃勃地想做国内儿童户外童装的第一品牌，然而走完研发到制作再到渠道的流程后，她已经对未来心灰意冷，想去国外学奢侈品管理，又想在国内试试电商。她不知道该怎么选，很迷惘也很着急。

我呢，看到他们那么迷惘也很着急：光坐着想那么多有啥用啊？赶快先就着手边现有的资源，试着投入改变起来啊！

可是他们又确实都有不能立刻投入去转变的理由。

电信业的朋友和我说，他已经习惯了体制内的生活，而且他做的技术也不是随便什么中小企业都能负担的。而创业呢，他一个有家有口正需要用钱的人，不敢轻举妄动。

500强的朋友和我说，虽然她已经当程序员很久了，可是不同工种间的分工是很不同的，在大企业开发有大企业的思维，在互联网公司开发有互联网的思维。她已经年过四十，转型和转行都困难重重。

搞服装的朋友说，服装这些年都是这个样子，越做越觉得没有希望，但又总有些新渠道新需求衍生出来，似乎做下去还有点新的希望，放弃又觉得可惜。

这些踌躇和犹豫，都是对的和确实存在的。疲于奔命是人生某个阶段必须经历的事情，随着年龄的增长，我们会承担起更多的责任，也会越来越身不由己。一方面，你的想法和灵感会因为多年的工作生活经验积累被激发出来；另一方面，来自家庭的牵绊也会越来越明显。

之前熟悉的领域内所获得的经验和积累，既是宝贵财富，也是进行转型时的负累，你不可能想走就走、想转身就转身、想单干就单干，牵一发而动全身，更要仔细筹划。

在绝大多数情况下，生活就在这种观望中白白地流走了。距离我上次见着这三个朋友已经快一年了，他们仍分别沉浸在各自的痛苦中，也仍然在感到迷惘和焦虑。

我自己也经历过这种阶段，这种瓶颈也持续了相当长的一段时间。自己大概知道未来的趋势是怎样的，也动了想辗转腾挪的心思，可是前有狼后有虎，手里又没兵器，总觉得困难重重，但又觉得，比起困难重重，坐以待毙更不是个事，更甭提是在焦虑迷惘中坐以待毙了。

无论你处于何种状态，清楚或迷惘，至少有些事是可以姑且先去做的。

第一，当你确立了一个大概希望走的方向后，至少要围绕着大方向去做做多方位的打探，由浅入深、以点带面。

比如你在大企业里苦哈哈地赶进度时，就不要再看娱乐新闻了，而要阅读些专业书籍，一旦里面提到了不认识的名词，就尽职尽责地搜索一下并记住什么意思；删除没用的鸡汤公众号，看看互联网行业内的观察者们又发表了什么真知灼见：什么是趋势热点，哪家公司拿了风投，哪家在骂声中躺倒，大家又放了什么样的马后炮，美国YC（美国著名创业孵化器）又做成了哪些case，业内怎么评论……这些二手了解虽然肤浅，却能给圈外人提供最快速高效的了解信息的渠道，并能使其具备一些基础知识。基础知识积累多了，才会慢慢有自己的感觉，才可能具备基本的判断力，才可以升级自己的信息来源，判别他人的观点。

虽然此时你看到的仍然是天空一角，但这一个角、那一个角地看多了，蓝图就在拼凑下得以徐徐展开，你也会比之前有了更深层次的认识。

第二，你可以做的是四处找朋友聊。同行不同行、沾边不沾边、各个部门的都可以去聊，从各个视角更多方位地看待这件事。至于对方是互联网公司的高管，是设计、研发还是HR（人力资源）又有什么关系？反正你都不了解，不如去听每个人提供他们自己的视角，分享自己的经验。

大胆地把你自己的想法说出来，他们会告诉你：这个想法很好，but（但是）已经过时了；这个想法其实很幼稚，不过倒是现在的投资热点。

在整个过程中，有一点至关重要，在多听别人意见的同时，要保持自己的判断力，不要轻易被别人所动摇，也不要轻易被别人所蛊惑——正如每个人都可以用自己的视角给你提供新的灵感，他们也会用自己的视角去解读世界，却未必符合事实。你不能把和别人的沟通作为唯一信息的来源，不能让别人替你做决定。

第三，至少做点什么力所能及的事情。

如果你不能抛弃工作去读书，至少可以花钱去买那些带你做技术项目的在线课程。

如果你不能再去复习GRE（美国研究生入学考试）背黑宝书，但美国的顶级名校都出了MOOC，试着上上，完成老师的作业，看你能不能挺下来。

我在红迪网上看过一篇很棒的文章：有一个四十岁的美国程序员，设计零基础，想去做交互设计师，最后成功转型。那个帖子很长，描绘了许多让他心生退却的细节，也罗列了大量他学习时觉得不错的资料和素材来源网站，并列出了许多重要的注意点，其中有一条非常关键：在你具备了基本知识后，要带着它们投入真实的海洋，去做几个真实存在的项目。这个工程师的做法是，随便选一个大家分享创业理念的网站，找一个合适的项目，从探讨产品原型开始，帮助项目的发起人把原型变为设计，然后被告知不是对方想要的，并挂在论坛上接受四面八方的评论或批评。这样来来回回地磨合好一个产品后，再加入一个新的团队。在这个过程中，他并没有辞掉自己原本的工作，从学习到设计都是在业余时间完成的。被磨掉了一层皮以后，他终于对交互设计是怎么回事有了切身体会，也明白了这件看上去很美的事尽管有许多难题和坑，但确实是自己愿意在今后去实践的。他这时才辞掉了原有的工作，进入了一家小型公司“从头再来”。

其实在面对转型的迷惘和忧虑时，我们最大的隐忧就是：我已经走了这么远的路了，换条路失败了该怎么办？

没有人可以确保转型会百分之百地成功，但如果能在转型前就积极地行动起来，储蓄相应的资本，绝对可以降低失败的概率。这个世界上有太多事情远看很美，走近了开始做就不是那么回事了。我们没法改变事实的真相，唯有磨炼脚力和视力，把自己带到真相身边。

所以如果你心中有个渺茫的想法或愿景，就不要坐着干着急了，赶快一跃而起去做点什么吧！多听多看多问，坚持自己的眼光和判断力，一旦开始努力就要专心致志地做到自己满意的程度，不要成天纠结于结果必须怎样怎样，不要把愿景搞成销售指标，只能用KPI（关键绩效指标）来考量。一旦这样，这事儿就会给你带来太高的期望值、太多烦恼和失望，失败的可能性反而会提升。

不做的时候，怎么看都渺茫，一旦做起来，尽管困难很多，内心反而不再焦虑，而是想着眼于解决手头的困难；良心也不再处于无所作为的焦灼状态，而是安定了下来。努力做着，此时不去想结果，不去追索成败，机会反倒来了。

人生往往如此：如果你总挂念着一个目标，并且想方设法地实现它，命运真的就会带你到唾手可得的地方去，尽管很多时候，那是一条和你设想的根本不同的道路。这大概就是人们嘴里常说的“念念不忘，必有回响”吧。

顾城有一句诗，可以给这篇文章画上一个诗意的句点，他说：“我想当一个诗人的时候，我就失去了诗。我想当一个人的时候，我就失去了我自己。在你什么都不想要的时候，一切如期而来。”

执者失之，试者得之——这大概是我们所能预期的最好的未来了吧？

你要死，也别死在米缸里

我的第一本小说要再版了，说实话，我高兴，也不高兴。

高兴的是，只要东西够好，在一无名气二无宣传的情况下，照样可以得到认可；不高兴的是外企的黄金时代已经过去了，500强只是一个虚指的符号。人人艳羡、衣着光鲜的外企500强时代其实已经无法挽回地过去了，这意味着职场小说的价值多少也会折旧，无论内容如何，sorry（抱歉），那也不可能有当年《杜拉拉升职记》《圈子圈套》《浮沉》的风光无限。没办法，时代就是这样，很多时候虽然你尽力了，时运如此，也就只能这样了。

外企500强的没落似乎就是这几年的事情。开始我们只是越来越少地听到他们的声音，再后来发现他们已不再是毕业生的第一选择了，再后来又传出政府限制等一系列不利新闻，再后来，再再后来，就是此消彼长的裁员风波，惠普、诺基亚、摩托罗拉、IBM……那些耳熟能详的大牌子都纷纷跳出来演着各种苦情戏和狗血剧。

我印象最深的是诺基亚北京员工抗议微软裁员方案，员工对给出的补偿方案不满，大热天的一大堆员工在抗议。诺基亚，就是那个办公环境宽敞优渥、薪资福利优厚，并且努力让员工身心愉悦地办公的北欧企业诺基亚。我的很多前同事都先后去过诺基亚，无论留下的、离开的，都对企业本身赞不绝口。可时事弄人，它后来竟然“落魄”了。微软并未亏待诺基亚的员工，它的补偿方案高于国家标准，并不违反劳动法。员工抗议的重点在于，尽管补偿方案高于国家规定，但却低于我个人的预期，所以我要和你死磕到底。

还有IBM在中国区的裁员。放眼全球，还有哪个市场能像中国市场一样创造销售的奇迹？你觉得你安全吗？对不起，即便你在SWG（软件部）的销售部，也同样要面临被裁员的命运。我们过了太久舒服的日子，进出最高级的写字楼，每天早上都要喝咖啡，冬天不穿羽绒服穿羊绒大衣，每一句话里都夹杂着英文……外企员工就是米缸里的老鼠，刚进去时，幸福感满满，那么多米吃都吃不完，然后米在一点点不知不觉地变少，有一天米没了，却跳不出去了。这还不是最可怕的，最可怕的是，米没有的时候，你已经成了一只养尊处优惯了的胖老鼠，而且已经不再年轻，失去了在闹市区中穿梭的勇气。

一定会有人问，外面机会那么多，你的背景那么好，干吗不跳槽？

机会确实多，没错，坦率地讲，近几年的增长点都被私企占据了，热钱流向翻云覆雨的互联网行业，这些行业机会有大把，苦逼是常态，假期吗？就那么几天，老板可能还不给批，还要在年轻的屌丝群里挥汗如雨、真刀真枪地拼杀。这一定是绝大多数外企员工的心态，大家其实都心知肚明。好比当一艘船开始要沉的时候，乘客们都不敢先跳下水，都在等着最后那一刻。

我的第一本职场小说刚写出来的时候，能进入外企做白领还是挺令人羡慕的事情。工作辛苦，但回报率也很高。顶着各种洋标签，钱包里有所有五星酒店的会员卡；培训如果不在美国，也会在东南亚的旅游胜地。可是时过境迁，外企也死磕ROI（投资回报率）了，为了成本管控还把培训从曼谷搬到平谷了。他们还喜欢在你干到四十岁左右挣钱最多、生活压力也最大的时候把你干掉，然后换上一个年龄薪资只有你一半的年轻人。外企不再是安全的保障，它恐怕再也不能让你安稳地干到退休，在拿到高补偿以后，你还是要惴惴不安地回到劳务市场上去。

所以当你预见到米缸快没米时，就要勇敢一点跳出去，趁着最后的机会抢吃几口米也行。我之前的老板在IBM已经做到Band B（屈指可数的高层职位）了，照样跳去了民企；还有另一个同事，在战略咨询行业已经耕耘了二十年，突然跑去了留学中介。这都在意料之外，情理之中。敢于在船沉没之前往外跳的都是真英雄，尽管短期内会累、会饿、会彷徨、会感慨年轻人的思维不一样，但也意味着更多机会、更多可能性。适者生存，早点跳出去，也意味着你有更多的时间去适应这一过程，时间是最大的成本。

我们都是老鼠，那个米缸，今天是各种外企，明天可能就是国企、互联网公司、国家机关。你觉得你所在的米缸牢不可破、固若金汤吗？连联合国和大使馆都会裁员，冶金部、轻工部、纺织部这样的部委都可以突然消失，没有什么不可能。这世界没有安全的工作，唯一的安全，就在你自己重找一份工作的能力上。

如果要死，千万不要死在米缸里。如果你不想死在米缸里，就不要轻易地将爬出米缸的梯子当作柴火烧掉。

专注是现代人最难得的品质

如果此时、此刻、此地，突然被问道：“最想修炼的品质是什么？”你会怎么回答？

我的一个朋友出于好奇，在朋友圈里做了这项调查，出人意料的，有近一半的人愣了一下以后回答“不知道”，而那些回答了问题的人中，比例最高的答案是“专注”。

专注在以前是一项很普通的事情，甚至普通到不会有人拿它来说事，但到了现代社会，专注却突然变成了一项特别了不起的品格，可见，在当代，专注力已经缺失很久了。

还有个朋友，只穿定制的衬衫，而她几年来只固定去一家店。那家店前不久打出了一个slogan（标语），深深打动了她。他们的标语是：世界再嘈杂，我们只是一个做衣服的。

但凡看过这条标语的都即刻被俘虏了。这看上去是一种退步，但却呐喊出一种坚持和操守。在老顾客眼里，这是一种承诺，似乎还寄托了某种情怀。

而我们之所以会被这种坚持所感动，是因为在这个面临多种诱惑的社会，鲜少有人会坚持选择。

在这个社会中，人人都知道要做多面手、多管齐下才意味着更多的机会。你不能只是一个图书编辑，还得是产品经理和营销专家；你不能只是一个学者，还得是一个能够面对镜头侃侃而谈、把研究话题解说得老少咸宜的学者；同理，开咖啡厅的最好知道怎么做活动和拉人脉，种花养草的得知道怎么用单反拍照，懂科技的得会码字写博客，写博客的得懂得90后心理以及怎样用二次元人物卖萌……这些都没有错，我本人也恰恰是这样的一个多面手。

可在这条多样化的道路上，我们有时候总感觉自己缺失了什么，就像一个圆缺失了一个角，这个角大概就是专注力。

村上春树说："没有专注力的人生，就仿佛大睁着眼却什么也看不见。"专注是一种学习态度和习惯，是一种思维品质，是人类接受知识和学习技能的门户，是一切学习的总开关，是成功的基石。

无论什么行业，或从事什么事业，如果缺乏专注力，必然不可能用心好好磨炼自己手中的技艺，好好对待自己所做的事情。世界再嘈杂，匠人的内心都应该是安静淡定的。无论世界发出什么声音，产生怎样的潮流，科技怎样以更新颖的方式融合进工作，做衣服的，就该在谈营销、品牌、口碑之前，先用心对待自己的产品，才能有“无论结合什么科技，我们只是一个做衣服的”这样的宣言。

我一直记得乔布斯的某个访谈。当时记者问他对于苹果的市值超过微软一事的看法，他以不容置疑的语气回答记者：第一，苹果的市值会不会超过微软，一直不是他和他们公司关注的事情，他们所关注的只是如何将苹果产品做得更好；第二，苹果的市值会不会超过微软也不会是消费者选择苹果产品的原因，消费者关注的只是苹果产品够不够好而已。

专注于做真正伟大的事情，其他只是副产品，这是乔布斯时代苹果成功的基石。

英国有一位名叫Giles Colborne（吉尔斯·科尔伯恩）的人，他是英国易用性专家协会主席，并且专注二十年研究交互式设计与易用性。在他的书里，他始终强调设计人员应该特别专注于基于用户的需求，让产品简单化。可以想象的是，对于设计而言，复杂是很容易的，用户想要什么就加上去好了；简单反而费脑子，因为你需要去分析用户要求背后连他们自己也意识不到的真正需求。你需要在诸多功能中选取真正核心的功能，需要理解核心问题，才能更好地做减法……Giles在书中最常说的话就是："任何事情其实都能简单地说清楚，关键是有没有下足够的功夫。"

在最简单的道理上下最大的功夫，这便是设计专家所倡导的最基本的品质。

有段时间被娜塔莉·波特曼在哈佛大学的演讲刷屏了，每个人大概都能从里面看出不一样的东西来，而让我印象最深的就是娜塔莉讲的她自己去东京的例子。

她说她惊讶于东京好的饭店规模都那么小，而且往往只做一种料理——天妇罗或者照烧。后来她自己想明白了，因为这些饭店想把事情做得漂亮，关键其实根本不在于数量，而在于当你希望把某件事情做得至善至美时，在那种追求极致的专注过程中自然而然产生的愉悦心情。

"关键是做好，而不是做完。做某件事时的快乐、敬业以及炉火纯青，可以为我们服务的对象带来特定的享受，也会让我们自己得到享受。"

在我们的社会里，成功是衡量一切结果的标尺。人们对最成功人士的定义，是借助捷径最先成功的那个人。然而，社会如此之复杂，我们很难用第一名来衡量每件事情。人们常会谈到所谓成功背后的空虚，这是因为以成功为目标，一旦目标达成，就需要设立新目标；而专注则是可以持续的力量，要将自己的兴趣和梦想做到极致，以此为目标去尽最大努力完成一件事。只要做到极致，“第一名”这个头衔自然而然会随之而来。“第一名”永远不是一个人一辈子存在于世的意义，因为什么事情而得到这个第一名才是一个人存在于世的意义。

到底是什么决定了穷的越穷，富的越富？

你可能听到过这样一种说法：穷人之所以穷，是因为思维方式和富人不同。

其中一个典型例子是说穷人会为了省钱选择自己支付得起的住处，而富人则会选择住在离办公室近的地方，因为对于富人而言，时间更值钱。

只能说，这样的结论推导和例子，才真正是穷人自己的意淫。穷人和富人固然在思维上存在巨大差异，但这显然并非穷富的决定因素。

在当今社会里，一个人现有的财富程度，一定是一套组合牌，往往是由挣钱方式、资源传承、财富效应，再配合一些莫名其妙的运气共同决定的。

其中最重要的是挣钱方式。

吴晓波说过一段话：“从家庭财务的角度说，屌丝的标配与他从事的职业其实没有关系，而在于两个指标：第一，屌丝只有职务性收入，甚少财产性收入；第二，屌丝的银行负债率为零。”

如果觉得吴晓波的话太片面，硅谷顶级创业孵化器YC（浏览器内核）的创始人也说过类似的话：“工资不会为让年轻人富有，财富也不来自于工作挣了多少，而来自于拥有多少增长的资产。”

具体到咱们国家，经济处于长期增长时期，所以环顾四周就知道：许多“富人”的钱不是挣来的，而来自于在恰到好处的时间，正好有了一定的积累，并做了正确的事。

再说富人的“资源传承”。

有段时间，鸡汤文特别热衷于讲国外某个亿万富二代也要自己打工挣学费的故事。

一个用来论证的例子是，Ivanka的爸爸是房地产大亨，她自己大学时也要当模特赚学费，后来还独立创办了自己的时尚品牌Ivanka Trump。

我读书的时候也经常被这种故事感动，后来进入社会工作，对此的免疫力就越来越强——社会中，越有价值的资源往往越是无形的，而金钱也只是可计量、易观察的一种而已。

你是普通人的女儿，和你是Trump的女儿，去银行贷款的额度都不一样。更遑论，Ivanka Trump品牌上升最快的一段时期，恰恰是她作为专家评审团成员和父亲一起登上《The Apprentice》（《学徒》）真人秀舞台的时候。

今年年初的时候，世界著名的财富管理公司BNP Paribas（法国巴黎银行）出了一个报告，报告给出的第一个结论就是：“创业是有家族延续基因的。世界范围来看，71%的创业者都有家族参与，越成功，家族参与比例越大。”

这种传承和参与，不是说“直接的资金投入”，还包括各种软资源投入。

容易想到的就是人脉，越是在发达国家，给你做reference（参考）的人是什么人就越重要。还有就是名气背书，同样只是高街品牌而已，你买东西是愿意为“富家女”的时尚品位埋单，还是愿意为无名之辈的时尚设计埋单？

穷和富的差异，还不得不提到“财富效应”。

即便不考虑通货膨胀这样的因素，十年前拥有一万块，和十年后拥有一万块，对人的意义也是不同的。

财富效应粗暴点儿理解就是“对于我们而言，钱越早拥有越好”，因为有了以后，我们可以拿钱去干很多别的事。

反之，即便你能意识到在某个时间点投资一个东西回报率极高，比如在2000年年初买房，但如果手里没钱也没有用。国内许多人财富的增长动力都来自于各种投资，利用货币的杠杆效应，放大自己的财富。

可能看到这，你会觉得有些道理，但也会很失落：反正这辈子也发不了财，自己的起点不高，上升到富人的通道大部分都已经关闭，那知道这些事和我又有什么关系呢?

其实对于任何一个人，机会总是会眷顾我们的。只不过很多时候我们自己太无知，根本不知道机会在哪里。

对我们而言，至少有以下几点是可以再努力以下的：

第一，先判断一下自己是靠工资的人，还是靠投资的人。

如果是前者，尽量选择离钱近一些的行业。

而如果是后者，就要小心谨慎了，很可能你本质上是靠工资的人，却总是自信地认为自己可以做“聪明的投资者”。

要知道，用勤劳需要一分一分地累积财富，而贪婪却可以让人瞬间破产。

第二，累积可迭代的资产，从自己做起。

Ivanka是Trump的女儿，所以贷款都和普通人不一样。或许你在这一代，无法达到“飞黄腾达”，但从更长期的角度而言，通过你这一代的知识积累、经验总结、各种资源拓展，你们家庭乃至整个家族的生活水平，依然有机会蒸蒸日上。

所以当别人还在打嘴炮，抱怨着这是一个“拼爹”的时代时，你千万不要轻信所谓的“读书无用”或者“当网红比正经工作挣钱块”。运气的确可以带来财富，然而运气是在我们掌控之外的。许多钱来得快去得也快，许多看似占便宜的事无法进行世代的传承。

第三，机遇总在“意外”中降临，不过更多时候，只有当你开始思考这方面的问题，才有可能被意外的机遇砸中。

在这个社会，这个时代，信息本身就是一种无形的财富。

因为觉得“好运轮不到自己”，就主动隔绝于信息和社会的变迁之外，一定不会有机遇找你。

沉浸在信息里，获得幸运的概率才能更大。换句话说，就是每次意外的成功里，都有我的努力。

总有些成功，要与世俗保持点距离

一个金融专业毕业的校友跟我说，他们毕业十年的聚会非常隆重，不但要求所有同学都盛装出席，还要求每个人准备一个PPT（演示文稿），在里面列明自己的现状、职务、社会成就……开始时他打算随便糊弄一个算了，可又怕别人都做得美轮美奂，自己会被鄙视，于是使出全身气力雕琢出了一个华美的PPT，充满了对自己的溢美之词。

本来挺感人的同学聚会最后被功利的形式弄得寡然无味。

好在我的十周年同学聚会不需要向组织汇报个人成就。

聚会那天，久未谋面的同学们叽叽喳喳地凑在一起，所有人都在不停地说笑，整个咖啡厅热闹极了，高兴得和过节一样。尽管大学专业和外交相关，可我们班的同学中真正当上外交官的还真不多，反而有着数量庞大的全职太太群体和潇洒的自由职业者群体，甚至还有热爱美术的同学后来考取了艺术院校的博士，转行成了艺术家。

聚会当天，我们谈论最多的不是彼此的成就，而是彼此的感受。有几个老同学知道了我是“彩色斑马”的童话作者，而她们的孩子是“彩色斑马”的忠实粉丝，我们双方都为此兴奋不已、充满了幸福感。她们并没有向我询问彩色斑马已经获得了多少成就，反倒和我探讨起了许多哄孩子睡觉的烦恼和妙招，关于孩子应该听怎样的故事，如何在童话中运用有限的词汇带来美感的画面的问题。从成功的角度来看，那些强调爱与美的童话尚未出版，也没有获得海量粉丝，连成功的边儿都不沾，但它却让许多孩子在睡前的黑暗中睁大眼睛聚精会神地聆听，创造了无可比拟的幸福感。

还有另一位男生的奋斗经历令人心生敬佩。他十年来始终坚持为保护古迹而奋力奔走疾呼。在经济发展鞭策城市高速新陈代谢、以推倒重建的方式进行加速前行的时候，他选择了做虎口夺食、奔走疾呼的斗士。他参与了南京秦淮河岸、钟鼓楼、梁思成故居、东四八条等系列古城古迹的保护，他的呐喊得到了文物保护工作者和学者们的坚定支持，然而他参与的绝大多数保护工作都以这样或那样的失败而告终，在他几经辩论斗争、振臂高呼和各界联合保护下的名人故居，也在三年后被开发商以“整顿性维修”为名拆除了。

唉，这真是最令人气馁和郁结的斗争，尽管在为大众福祉做着正确的事，却没多少公众听说过他，也从来没有取得过长久的成功，可是他却仿佛乐此不疲，一次战斗失败了，便翻身跃入下一次，这条路走不通，绕个弯儿再迂回前进。当然他也从失败中摸索出了“斗争”的经验，终于开始主持社科基金的课题，研究推动用法治的方式来保护文物古城。

同学聚会后，班里同学建了群，让彼此之间能频繁地窥见各自的生活状态。有的同学在海外过着田园牧歌般的生活；有的同学还保持着阅读的习惯，送完孩子去幼儿园就去图书馆；还有的同学经常半夜晒手工作品，有天突然晒出一张舞蹈大师签名的舞蹈证书，收获了一堆午夜党的点赞。还有一个老同学，有一天突然激动地对我说，她和她女儿都是“彩色斑马讲故事”的忠实粉丝，而当她无意间发现最喜欢的童话是我写的时候，和女儿兴奋了整整一晚上，并且把这位小粉丝激动的留言发给了我。

我之前的单位曾做过一个公益平台，帮助社会企业家们寻找资金支持。这些项目的发起者们与电视里常见的企业家、创业者们十分不同，他们非常多元化，他们中有的是500强投身公益的金领，有的土得掉渣，有的用近乎异想天开的方式想改变农村女性的命运……这些社会企业家都有共同的特质：他们都看到了一些需要改变的地方，并立志去改变，哪怕选择的是一条艰难的道路。在最终遇到伯乐之前，他们都长时间地忍受着默默无闻，并从微小的进展中获得幸福。在平台上，我们看到有很多社会企业家走的仍然是Bill Drayton（比尔·德雷顿）的老路，他们的诉求不是怎样赢得资金，而是怎样改变世界。

从功利角度看，以上种种都是与社会“脱节”、个人回报率极低的奋斗。

比如人们都在追逐财富与权力的时候，我同学正为了一群不会说话的破砖瓦和手握财富及权力的占有者们厮杀；社会企业家们通过自己的努力拿到了钱，却要用来改善别人的生活……从他们身上，我们可以看到这样一种未来——一个人孤独地沿着自己认为有意义的方向踽踽独行，只要不停地走，终将到达他心目中的那个地方。在那里，做一件好事就会让千万人受益。

最后要讲一个在投资银行工作的朋友。他最近自费出版了一本小诗集，里面都是他自己满意的现代诗。有些作品我读不懂，但有些短诗，虽然不能完全领会深意，却令我心灵震颤。

写诗，于投行的人而言，是一种与世隔绝的做梦行为。这位朋友当然不缺乏自费出版的钱，但直到今天诗集才得以出版，是因为他终于完成了让自己满意的诗作。之后会有多少人看，又有多少人能懂，他都不在乎，因为他的内心已经满足了。我觉得他就像美军发现的那头用50赫兹唱歌的鲸鱼，在深海中进行着注定孤独而伟大的遨游。

阿里安娜·赫芬顿五十五岁时创办了互联网报纸《赫芬顿邮报》，在创办之初被称为“注定会完蛋的公司”，可六年后它已成了美国当今最具影响力的新闻博客网站。赫芬顿曾说：“我们应该同世俗意义上的成功保持一点距离，这样你才能真正找到自己。不要通过失去自我，来博取世俗意义上的成功，而要扪心自问，内心深处，我们真正想要的是什么——我们的成就，我们的梦想，以及我们是谁。”

这个社会衡量成功会遵循一些世俗公认的有效指标：产量、销量、曝光率、薪酬水平、获过多少国内外大奖、有没有电视台采访过……可是还有一种成功也很重要，这种成功是给自己看的，关乎个人内心真正感受到的成就感和幸福感。这种成功，从某种程度来讲，是一个人长久以来内心深处的平静。

每人获得平静的方式都不同，有人依靠勤奋工作获得平静，有人依靠保障家庭幸福获得平静，有人追求自由自在获得平静，还有人靠燃烧自己为公众获取福祉而获取平静……

如果一个人不会唱歌，那么全世界的歌都对他毫无用处，而如果他会唱，他一定要唱自己的歌。总有些美妙成功的歌曲，注定要与世俗定义的成功保持些距离，要把歌留给自己的内心和那些能欣赏的人听。

你所谓的努力，找对方向了吗

几年前我在大使馆的工作遭遇了一个工作瓶颈——以往我们都是通过线上线下的各种渠道，向学生们宣传英国教育的优势和卖点，保证每年的留学人数增长，可是突然间，那些渠道都不管用了。

渠道还是那些渠道，我们甚至拓展了新渠道；作为官方机构，我们在公众中的权威也并未下降，各地的中介学校迎来了热情高涨的学生，签证处也忙得不可开交……真是太奇怪了！作为执行力最强的部门之一，我们立刻着手解决问题：我们不仅和教育管理部门及中介逐一联系，还频繁拜访中学、语言学校、大学国际中心；在网络上，我们重建了自己的主网站、海归网站，联合留学门户网站做活动，和中介网站合作……这些都起了一定作用，但这些重型的人力投入所获得的成果却是微乎其微。

分管数字营销的同事为了搞清楚是怎么回事，做了深入的调查，可是结果却把我们指向了更错综复杂的丛林：调查显示所有合作伙伴的渠道吸引力都在下降，即便是那些已经耕耘了近十年的留学论坛。然而，年轻一代不是更加互联网化吗？

这个疑团始终没有得到解答。在那以后的工作中，我们每天仍然疲于奔命，不断投入人力、物力、精力，奔赴活动前线……我们不知道目标群藏在何处，就只能逼迫自己再努力一些。

后来，当我换了一份和互联网相关的工作后，反而轻而易举地解开了这个谜团。新工作和留学无关，却离互联网更近，谜团的答案也很明显：为什么所有的旧主流渠道都不管用了？因为年轻一代对知识的获取方式已经彻底改变了。

以前人们依赖于大平台和官网，是因为那里聚集了质量最高、相对专业的信息，随着搜索引擎、个性化推荐的完善，个人化的精准获取得以实现，并成了主流。过去你只能看编辑选好的内容，可现在我们依靠定向搜索、智能推荐、兴趣订阅等渠道，直接就能看到感兴趣的信息，不用再绕任何弯路。

这让我明白了一个道理：我们所做的网站就是再改版，也无法和谷歌、百度抗衡，学生们并不会守株待兔地蹲点儿在我们的网站里，因为他们可以通过搜索定位任何需要的信息。

对于很多人而言，这已经是非常显而易见的事实了。可过去的我们却还在竭尽全力地把平台上的信息做得更全、更高质量、更详细，而没去想过搜索引擎优化的事。我们还去各个城市马不停蹄地发表宣讲，可实际上学生们却更愿意待在电脑前敲敲键盘。我们的团队堪称NGO（非政府组织）的劳模，可实际上我们在用自己的努力去对抗现代人获取信息的方式。

用互联网界已经熟稔的一些思路，还解开了以前工作中困扰我的其他难题，比如以下这些：

Impact（影响力）不够，你开源了吗？

以前为了宣传英国在文化科技设计领域的先进理念，我们办英国名人讲坛，因为能投入的人力资金有限，一年只有十场，需要专门从英国把各领域的大师们请来，并有专人陪伴去国内各个大学演讲。一场演讲几百人，我们虽觉得impact不够，却已经精疲力竭，可TED①和果壳的万有青年烩却用开源

①指Technology，entertainment，design在英语中的缩写，即技术、娱乐、设计，是美国的一家私有非营利机构。该机构以它组织的TED大会著称，这个会议的宗旨是“用思想的力量来改变世界”。每年3月，TED大会在美国召集众多科学、设计、文学、音乐等领域的杰出人物，分享他们关于技术、社会、人的思考和探索。

的思路，轻松解决了这个难题：用高质量的活动打造权威的活动品牌，再把这一品牌开放给公众，核心观众可以自主邀请人物、拟定话题、组织活动，并将优秀演讲录制、整理、传播开来，比如TEDx系列和万有青年烩at[②]系列。

用户产出不够，你让他们获益了吗？

以前我们都在疲于应付社会媒体上的各种产出，因为人力有限，我们号召鼓励中介、语言学校及从业者们投稿，但对他们我们又非常谨慎迟疑，总担心会修改他们的内容，还担心自己会沦为营销的工具。实际上，有谁投稿只是看中那点稿费呢？当然是为了借官方的渠道多发出自己的声音。我们的平台如果不能让他们受益，他们就没有足够动力参与其中；如果他们不能参与，我们就永远无法从他们的角度出发来思考问题，也永远面临着自己进行内容生产的瓶颈。

疲于奔命，不如将非核心内容众包出去？

每年我们都要花精力更新一本“百宝囊”的留英手册，我的同事曾加班数周来重写它，以保证里面琐碎信息的实效性和权威性，可就算在最艰难的加班时段，我们都从未想过要用众包的方式来完成它。现在想起来，我们当时应该号召在英国生活已久或正在读书的年轻人来共同在线完成这件极棒的任务。

---

②由果壳网授权万有青年烩爱好者申请举办的本地化活动。

为了保证细节的准确，我们还可以再号召其他人对内容挑错并修正，再与一些热门旅游网站的锦囊制作，和热门留学微博早就采用的方式一样。我们不再需要亲自撰写内容，而是完全借由甄选、审核来把关，依旧保持它的权威性，同时让更多人参与，让他们互动起来，众包一个实时更新的百宝囊，而他们的报酬则是其名字得以出现在大使馆权威出版物的编辑名单里。

有了以上思考，又带出来一个新的问题：为什么现在用很短时间就能思考出解决方案，在过去却从未想到过呢?

这是因为视角转变了。很多时候遇到问题时，我们做出的第一反应就是让自己更加努力，可是如果你的位置不变，当那个世界已经偏离你，你的努力只会事倍功半。

这是对机构的挑战，也是对每一个人的挑战，覆巢之下不会有完卵，我们每个人都会受到辐射，无非是时间早晚和程度深浅不同罢了。无论你是否是互联网的拥趸，互联网都在以一定的速度改变着周遭的世界，改变着环境，改变着我们的生活。有些行业首先受到冲击，人们会感到深受影响；有些行业壁垒高，受到的冲击小点。

但无论你躲得多远都没有用，因为你的环境都在被瓦解。你可能是纸质书的用户，但却总归逃脱不了电子书和文档的诱惑；你一边厌烦繁杂的电子化生活，可是逛街次数却已经低于在线网购；当你享受着在线订出租、在线洗衣、在线挂号的便利时，你有没有意识到，那些不会用智能手机、不会下载App的人，其实已经被我们这些会用的人边缘化了？

我认识的一个资深HR，在应该养老的年纪离开了服务多年的企业，加盟了一家互联网公司。论投入产出比，绝对是之前工作的性价比更高，而他的解释却令人深思，他说："我觉得这个时代很多东西都会被颠覆性地改变，所以非常值得投入剩下的时间，去更好地参与其中。"

套用一句名言：未来已经来临，只是尚未广为流传。我们不妨改编一下：未来已经流传，只是尚未被你察觉。

我们的生活可以只有小确幸吗

村上春树和安西水丸大概都不会想到，一本轻松得可以读完就立刻忘掉的《兰格汉斯岛的午后》会引发一个风靡全亚洲的词汇。此后，“小确幸”这个词，成了无数年轻人追捧的人生目标。

小确幸是生活当中那些“微小而确切的幸福”的缩写，比如跑完马拉松来罐冰镇啤酒，逛二手唱片行看到一直想要的唱片，在地铁的商店里遇见神采奕奕的大婶，把洗涤过的洁净内裤卷叠好然后整齐地放在抽屉中……村上春树说这些就是一种微小而确切的幸福，它们是生活中小小的幸运与快乐，是流淌在生活的每个瞬间且稍纵即逝的美好，是内心的宽容与满足，是对人生的感恩和珍惜。

小确幸是一个让人倍感幸福的新名词，它让那些原本渺小得转瞬即逝的瞬间体验也可以留有隽永的幸福感。比如在春天的河边骑自行车，凉风徐徐吹来；比如在冬天午后的朝南阳台上坐着发呆；比如星期天的早上，圆圆的荷包蛋煎得刚刚好……如果能在忙碌中停下脚步，进入一个专心致志“活在当下，浑然忘我”的瞬间，哪怕再短暂的幸福也能充盈滋润内心。

我有个朋友在法国参加过一行大师开办的“生活禅”夏令营，绝大多数参与者都是些既不懂佛也没修行过的普通人。最令人难以忘怀的一个项目是大家一起剥橘子吃，体味当下的幸福感。

橘子谁没吃过？可是跟着一百多号人一起心无旁骛、专心致志地一点一点地剥橘子皮，心情就都不一样了。原来成熟的橘子果皮是如此清香滑腻，白色的橘衣粘连而富有弹性。吃橘子的时候，无论粗莽大汉还是家庭主妇，都像京剧里的青衣一般用手指轻拈橘瓣，一瓣一瓣地细细品味，用舌头感受成熟果实的多汁和丰饶。一个简单的橘子，花了半个小时去慢慢剥细细吃，沉浸在吃橘子的喜悦中，这就是大师希望众生领略的微小而确切的幸福。

可当小确幸真正流行开来后，也迎来了各路务实人士的奋力阻击。一时间，对“小确幸”的批驳言论又占据了上风，人们开始探讨怎样才能让年轻人抛弃小确幸，重归奋斗舞台。

郭台铭说：“台湾的年轻人居然都以开咖啡馆为奋斗目标，是很不可思议的事情！”

李开复发文规劝年轻一代说：“你们知道荷兰那么小，那里的年轻人是怎么奋斗的吗？他们都是以世界为舞台的。”

还有一篇名为《我们不能只有小确幸》的文受到了追捧，在始发网站上有超过十万次的点击量……

小确幸有什么不对？

小确幸当然没什么不对，可是我们的人生可以只有小确幸吗？

当然可以。

既然有人追求宏大的愿景，就会有人追求渺小的幸福。乔布斯、马斯克追求的是改变全人类命运，我们没那么伟大，只想发掘并成为我们自己，这也没什么不好。

如果幸福是人生的主要驱动力之一，无论大小长短，它都值得我们追求和体味。其实这个问题的核心并不在于“人生能不能只有小确幸”，而在于“只有小确幸的人生可以幸福多久”。

你定义的小确幸是“现世安稳，岁月静好”的细水长流，还是仅仅限于当前生活那些转瞬即逝的瞬间？

我有一个热爱欧洲艺术史的朋友，她在法国读过六年书，最开心的事就是泡在空气中都充满着人文味和咖啡味的大学图书馆里。可以说，泡在图书馆的时光就是她人生中的小确幸。研究生毕业后，她一度在要不要读博之间挣扎，一方面她确实需要工作赚钱，而另一方面她又很向往继续与书香为伴的生活。于是当时的她没有去申请大型商业公司的职位，也没有立刻去读博，而是发挥语言特长和多年储备的艺术及学术积累，成功地把一个巴黎的艺术展引入了北京。

一战成名后，她有了更多资源，也面对着更多选择：有人请她翻译艰涩的艺术著作，有人请她做独立策展人，有人邀请她徒步六十天去拍一部艰苦的纪录片，还有人请她合伙做生意……这时候她一边作为自由职业者而工作着，一边申请了母校的博士项目。

博士项目至少要四年才能完成，现在她一年的三百六十五天分为了两部分：上半段在北京三头六臂地打拼，下半段在巴黎埋首书卷、一心一意地做学问。

她人生的幸福来源于那些小确幸，可是她之所以能怡然地安享这些，是因为她同时对生活有着清晰的目标，并拥有着坚定的内心。她勇于放弃人生的宏伟蓝图，坚守小确幸的理想生活；她知道如何在现实的琐碎中打拼和耕耘，换取享受阳光的资粮。

在繁忙或者有诸多烦恼的时候，面对无法掌控的挫折和失意，谁不想有小确幸？很多人把小确幸想成了拥有一个小而拥挤、充满花香的书店，有的想开一个边做手工边聊天的咖啡馆，有的想在厦门卖自己画的明信片，有的想回老家开饮品店……

可是这些都不仅仅是晒着太阳、膝盖上蹲着猫听顾客们闲聊那么轻松余裕，你需要在凌晨五点进货，需要思考品牌和营销，需要在店员店长吵架时做出判断、苦口婆心地挽留，还需要在没有顾客的夜晚孤单地磨咖啡豆、考虑下个月的房租……奔波之后，或许你才配拥有五分钟时间在自己的书架前随便抽一本书看，可以在大大的实木桌案前迎着正午的阳光刺绣，可以叼着麦秆喝冰茶发呆……

其实只要你的眼睛和心能配合，生活中处处都充满着小确幸。

但我们的诉求应该是更长时间地去留住这些小确幸，这背后仍要求你付出努力。小确幸不应该是你逃避的港湾，你需要脚踏坚实大地，手握技能之锤。

但愿你的人生也能拥有这样的小确幸：才尝清明的雨前茶，尚未过鲜花饼的赏味期，碗橱里摞着泛光的白瓷碗，衣橱中散发出衬衫清洁干燥的气息。我希望你有临海的小屋，自筑的篱笆结实而疏朗，新月初上的傍晚，有清风徐徐穿过。

NI ZHISHI HAIWEI QUANLIYIFU

你只是还未

全力以赴

第四章 真正的努力，就是要承受有价值的痛苦

所谓努力，就是要承受有价值的痛苦，而不是一味地在痛苦折磨中沉沦；如果你对如何开始感到迷茫，那么行动起来是克服无力感的唯一方式。

学习的路上没有捷径，但可以开车

工作以后，我经常会受邀四处给父母的同事、亲戚家的孩子们“交流学习方法，传授学习经验”。

每次我去，那些做父母的都会再三嘱咐我：“一定要给我女儿多讲讲你当年是怎么刻苦学习的！”

可是听了我的分享后他们却经常大失所望，每次都会不死心地追问我：“你真的整个高三晚上十点就睡觉，不是到十二点、一点吗？你是一觉睡到天亮，还是睡两个小时后爬起来再继续学习？”

我只好回答：“是真的每天十点就准时睡觉，因为一过十点就困得不行了，唯一例外的是在大考之前，我会睡得更早一些。”

社会上的人们总是对学霸有着各种各样的想象，比如会认为他们把人生都奉献给学习，每天恨不得住在图书馆里，成天和书本打交道，不善交际等等，学习之外的他们一定木讷、不苟言笑、缺少生活乐趣。

遗憾的是，这些想法只是人们自己的主观臆断而已。可实际上，人们往往对学霸缺乏明确的定义。怎样才算是学霸呢？

如果是以在学习上投入的时间和长度来衡量的话，那么全中国高三的学生都可以算作学霸；可要是以学习的效果作为衡量的话，那么我认识的学霸却恰恰很少有挑灯鏖战型的。

我的本科是在北大读的，曾与各种头顶光环、令人闻风丧胆的学霸“狭路相逢”，发现了学霸的一些特点。那些靠在题海书山里死记硬背、苦苦挣扎出来的学生，只能属于最末一级的学霸。这种所谓的“学霸”，基本到了大学阶段都会遭遇很大的挫折——人际交往不行，死记硬背又很难在大学里获得成功，会逐渐从优等生沦为平庸。

那些值得认可的真正的学霸，应该是依靠长期摸索学习习惯和磨炼出的高效学习方法而取得胜利。驱动他们努力学习的因素不是分数，而是对未知事物天然的兴趣和好奇。他们会遵从这些最原始的驱动力，对知识进行探究和沿袭，至于成绩，sorry，学霸们追求的是对知识的系统掌握，是对方法论的知其所以然，成绩不过是他们在孜孜以求的道路上应运而生的副产品罢了，从来不是他们追求的目标。

我高中时期的好朋友考上了北大法语系，在我眼中，她就是这样的一枚学霸——她从未苛求过考试成绩，却永远是考试成绩第一；从未吝啬过分享，却很难被超越。我们高考时选专业，无非都是人云亦云，她则出于对法语语言之美的欣赏及对法国艺术史的兴趣，选择了学习法语，并且在真正开始大学学习之前，她对法国的人文和欧洲语言体系就已经有了庞大的阅读量和基本的认识。

还有一种超级学霸更加可怕，他们在思想的道路上已然独行甚远，对知识的钻研是他们人生的信念，他们有着明确的目标及强大的内心，也不畏惧在求知的道路上愈行愈孤独。我的法语学霸朋友在入学两个月后，眉飞色舞地对我说："我这回可见识到什么叫学霸了，我们班有个同学每晚熄灯后都会在水房里看法语版的梵文学！"

因此，如果你还在学校，就不要被身边没日没夜泡自习室的人吓倒，学霸不是靠比拼时间的长度炼成的；如果你已经工作，也不要被身边那些在周末马不停蹄地读研究生班、MBA

班的人所蛊惑——学习从来都只是一种途径、一种手段和工具，从来都不是一种目的。

那么问题来了：为什么同样学习，有些人不需要花很多时间就能学好，有些人却始终不得要领呢？

我的心得体会是：学习是一种成功经验的积累。

对于掌握了正确方法的人来说，学习新知识，无非就是将原先正确的方法修正后适应于新的领域；而对于那些始终都没掌握正确方法的人来说却非常辛苦，每次学习新东西都要不停地试错，可能付出的时间和精力都是别人的数倍，却始终在正确道路外面徘徊。

我曾经把自己学习的心得和经验写下来，分享给当时还在读高中的表弟。他从排名中等顺利考上了复旦，后来又申请到了芝加哥大学。虽然我俩一个文科一个理科，我的方法他也不可能全数吸纳，但实践证明，即便所处的领域大相径庭，绝大多数学习方法上的成功经验还是可以移植复制的。

（1）提前准备。

学习的时候，每天预习十五分钟，可以带来复习一个小时也达不到的益处。首先预习会让你发现自己的弱点和学习内容的重点，对重点和弱点提前了然于心，会帮助你在第二天课堂上有限的时间里有的放矢地学习和提问。

（2）专心致志地学十分钟比抓耳挠腮地学半小时效果好。

自从有了智能手机，能做到专心致志的人就更少了，可实际上，专心致志地学习十分钟要比抓耳挠腮地学半小时强多了。如果你已经很疲倦或者很想看一眼手机，那就不妨放下课本，拿出时间来休息一会儿或者看手机，但是当你拿起书本的时候，一定要保证绝不走神。

作为学生，就要做到上课绝不走神，哪怕是最成竹在胸的课程；作为工作的人，要学会暂时搁置问题，先专心完成最重要的部分和关键领域，分散精力的细节和疑问可以暂时搁置，稍后一并解决。

（3）高效而不是长时间地复习回顾要点。

我认识的许多高三学生，因为太疲劳，放学回家后不是先吃晚饭，而是先睡一觉，睡到夜里两点才会爬起来做作业，做到四点再上床睡觉。这样的方式除了造成大脑疲劳、让人觉得学习痛苦外，没什么好处。

我上高中的时候，上下学一共要花三个小时在路上，留给我回家复习的时间并不长。这就逼迫我必须想出自己合适的方法，合理地利用上下学这段空白时间。我采用的方法是：从进地铁车厢开始，就闭上眼睛，在脑海中一门课一门课地回忆当天学过的所有知识要点。这是极为耗费脑力的工程，基本上背完一门课，大脑就开始隐隐作痛了，但是在没有任何书本的情况下默忆的效果，却比对着书本神游在外两三个小时的效果都要好，这样既可以检验自己上课时是否专心听讲，二来对自己知识的弱点会洞若观火。

（4）对于任何阅读学习而言，应该把书读薄而不是读厚。

我见过了很多人，学习时记录了大量笔记，康奈尔笔记法、番茄笔记法，本子上有五种颜色的彩笔，内容非常丰富，可是海量的笔记如果没有时间消化，就永远不可能成为自己的收获，也无法构建自己的知识体系。在高考前，我已经没有任何书可以看了，所有科目的东西都凝结为两张纸；在考GRE之前，我复习的成果更少，总共只有一个巴掌大的即时贴，上面写着所有我最常犯的错误原因和提醒自己的话。

（5）和对手讨论合作，而不是闭门造车。

我高中的时候极为幸运，由于都是一起学习了六年的同学，这种共同成长的情谊，使得大家愿意多做交流，甚至在某些科目的老师经验不太丰富的时候，这门课程几乎就是在课代表和几位优秀生的带领下完成的。我们一个区区三十八人的班级，最后有八位同学考上了清华北大。

后来和其他学校的同学交流时才发现，在绝大部分学校里，同班同学到了高三就会进入战备敌对状态，仿佛同学都是敌人或对手，只要不把自己的学习心得分享给别人，不回答别人的问题，就能守住自己的独门制胜秘籍似的。

这种眼光狭隘的做法，最后只会令人生之路狭隘。

高考是严酷的竞争，可你的竞争对手并不是同班同学，而是全国的考生。和而不同，才是你的高考战略，而不是坚壁清野。就好比读大学时，有同学得知麦肯锡有招聘的机会，就藏着掖着不肯告诉其他人，可其他人照样从别的渠道得到了信息，得到了面试机会，藏消息的同学在初次面试时就被刷了下来，最后还失去了朋友。

让目之所及的对手变弱，并不能有效地保卫你的人身安全。当你的对手更加广阔而未知时，和身边的人一起联手打拼，提高自己的武功才有可能为你杀开一条血路。

（6）让强者成为度量尺，让弱者成为测缺仪。

当你在一个陌生领域处于不上不下的地位时，你该怎么办？这时，你可以找一个能时时偷偷观察学习的目标，观察他们是怎么听讲的、他们提了哪些问题、他们如何分配时间，而不是直接跑去问：“把你笔记借给我……”想要进步，就不能闭门造车地找问题，而是要比较自己和他人的差距与不同。

另外你还需要为与你旗鼓相当或不如你的人解答，一定要耐心并善待别人的问题。说实话，谁都不比谁的智力低下，他们的问题就可能是你潜在的漏洞，而解答别人抛出来的问题，其实是在最有效地为自己查漏补缺。

（7）沉淀一段时间后再反复。

无论是学习还是工作，可能都有这种情况：一种理论已经学了，可是却怎么也弄不透彻，书也看了不少，就是不能彻底搞懂它，被折磨得够呛。这种情况下，就不要执着于它，暂时搁置它，一段时间后再回头看，可能就大彻大悟了。因为在这段时间里，其他领域知识经验的积累会令你对问题有更深入的理解。对知识的学习是一个主动的过程，可是对知识的最终掌握，确实是随着年龄、阅历及整体认识沉淀积累后，一个自然而然的过程。

（8）战胜停滞平台期。

无论是学习还是工作，甚至是减肥，都会遭遇平台停滞期，这时无论你怎么付出努力，都不但没有进步，反而还可能退步了。这时我要恭喜你，这正是你实现质变飞跃前的瓶颈期。我在学习英语、学习文学，甚至自学画画的时候都遭遇过这种关键的瓶颈期。只要在绝望中坚持下去，用不了太长时间，你就会实现一个量变到质变的突破。

在我出国留学前，我父亲曾用钢笔抄过一段毛主席的话送给我。在英国求学的一年中，这段简单的话陪我熬过了许多难熬的日夜，并成了我的精神支柱：

往往有这种情况，有利的局面和主动的恢复，产生于再坚持一下的努力中。

学习不是单纯靠智商，也不是单纯靠花费时间。这个年代，谁都不比谁笨，谁也不比谁聪明。学习最重要的一条是不能在一条路上傻走到底，而是应该先多花些时间摸索出一条正确的道路。如果你花费了很多时间却始终收效甚微，那就说明你的方法不正确，或者连基本功都有漏洞，这时候就要返回来，再花些时间检视自己的方法，才更重要。

学习靠的是正确的方法论、扎实的基本功、精益求精的心态、长年累月的积累以及专心致志的深挖。在这条路上，没有立刻抵达目的地的随意门，也没有什么捷径，但正确的方法却可以让你开着车前进。

利用碎片时间，和别人拉开距离

我曾休过一年的gap year（间隔年），从刚闲下来时的无所事事到制订每天的写作计划和待办事项，并严格执行，当时我觉得自己已经胜任了时间管理。直到后来恢复了工作又有了孩子，还要为两个原创公众号供稿，我才意识到：原来的计划只是最初级的时间管理，只能叫作“不浪费时间”。

而现在的我最大的问题就是“没有时间”，因此，真正的时间管理的第一步恰恰不是管理时间，而是找到时间。

美国最大的问答网站Quora上有一个针对时间管理的假设，能很好地说明绝大部分时间管理中存在的困境：每个人都是一个绝地武士，要出发去拯救公主，公主在失火的建筑中等待着救援，坚持不了太久。不幸的是不断有帝国突击队的成员来袭，尽管你希望能尽快赶去营救公主，而敌人却在不断涌现，如果不反击就会被打死，如果你恋战就无法援救公主。公主代表着每个人心中的梦想，等候太久就会被火海吞没。

比如我，每天都十分忙碌，效率也不可谓不高，该做的也都能准时完成，但当我希望做一些对人生很重要却并不紧急的事情时，却总也找不到时间去完成，就好比是一个老在赢的武士永远救不到公主一样。

那么我们该去哪里“抠”时间呢？

（1）必须学会说“不”。

说“不”其实是个非常艰难的事情，可是如果不说no，那么就很难专心地应对真正重要的任务。因为有太多看起来不错的机会、看上去不能拒绝的要求、事成后有利的图景，以及无法拒绝的人情世故，诱惑着你答应下来。

前两天和朋友聊天，她作为一个自由职业者，刚刚拒绝了三份很有诱惑力的合作邀请。换成是我，大概会全部应承下来。可她说自己当前最重要的目标，是创作出强而有力的影视IP（知识或财产所有权），而那些合作邀请则是要花费大量时间的广告类合作，虽然能带来经济效益，却和她最主要的目标大相径庭。因此在经济条件允许的情况下，她选择了放弃。

其实工作越久，你就越会发现，真正的牛人，往往就牛在敢于放弃上。所谓的战略化决策，不仅仅是指战略高度的选择，也指战略高度的放弃。刚开始放弃的时候会很难受，这是多年形成的习惯和求全责备的心态发出的尖叫和抗议。可是时间久了才发现：不重要的事情真做不完也不会死，倒是重要的事情老拖着不做往往会后果比较严重。

（2）必须学会说yes。

对我而言，如果想要找时间完成真正重要的事情，那么就先答应下来，再商量个相对宽裕的时间。将这些定下来之后，我总能想出方法，排除万难去实践。

无论是写小说、开公众号、参加考试，都可以遵循这个套路。牺牲掉部分娱乐、睡眠、社交，甚至是和家人团聚的时间，会非常适合短期内的明确目标，并督促你用冲刺的方式完成。

如果一件事情并不重要，那么就明确地拒绝；如果很重要，就大胆地接受。你不会因为说“不”损失多少，也不会因为应承去做却没有做好而损失很多。真正的损失是在我们说“这事儿很好，我再想想”中发生的。

（3）有必要时，牺牲一定金钱或舒适度来找到时间。

以前没有孩子的时候，我习惯利用整块时间写作，写作进入状态也非常缓慢，必须要在阳光充足的某个角落坐下，泡杯咖啡，看看新闻，再慢慢进入状态。

现在可用的业余时间往往是零散的，如果不能抓住零散时间进行思考和打草稿，那就更没有时间了。为了能更好地抓住这些碎片时间，我添置了更多的电子设备，例如静音且无须插电源的平板电脑，它能让我更好地利用孩子入睡后的时间。

再比如我打破了从前不下载App的习惯，安装了多个阅读、记录、拍照笔记类的App，方便自己在零碎时间里能随时把读到的、想到的、看到的、诱发灵感的材料都尽快地收纳进来。

我另一个朋友则放弃了开车，改乘出租车或地铁出行，然后把每天的社交联络任务，比如打电话、微信交流等放在这一时间段完成，既节省了回家后的时间，也保证了通勤的安全。

找到时间后，就是筹划和管理时间了。其实很多人都给出了非常好的建议，我自己在这些基础上也摸索出了一些个人心得：

（1）关掉提醒，高效专注地工作。

要想工作有效，就必须运用整块的时间。如果将时间分割开来零星使用，纵然时间总和相同，但其效果与整块运用时间的效果却差距很大。比如我以前工作时常要写一些措辞讲究的英文邮件，如果能够聚精会神地写，再加上润色，十几分钟就能完成。可是我总会忍不住一边写一边去看看什么人又说了什么话，有时还会因为查某个单词去逛下红迪网，后来实在忙起来了，任凭各种新信息提醒也不去查看，等到某个任务告一段落，再统一查看和回复，既保证了效率，又不至于错过什么。仅这一项小小的改变，就大大提高了我的工作效率。

（2）减少选项，设置优先级。

选项越少，时间越多。一个比较经典的时间管理方法是：每天只选择1～3件事情去做，并辅以不懈地追求。你的本能不会喜欢这样的限制，可是这种方法有利于排列真正重要的事情，比起事无巨细地齐头并进，能让工作更为出色。

（3）提前把你想到的写下来。

当事情一旦多了杂了，脑子就明显不够用。我经常发现，哪怕是小事，如果写下来就会遵守；不写，无论在脑子里想多久，一被打扰就会忘掉。提前计划的目的其实不是为了“计划”，而是为了更重视时间的流向，知道时间都花到哪里去了。

如果不是很清晰地知道要做什么，就容易碰到什么是什么。于是哪件事情先找上来就先处理了，就好比我特别反感邮箱，因为邮件不停地进来，叮的一声响。只要邮箱的叮声不关，我就永远干不了该干的事情，会一直挂在邮箱上回复邮件，而且要一会儿回邮件，一会儿写报告，一会儿又查数据。数据查到一半叮的一声邮件又进来了，说到了另一件事，再去查……忙了一上午，几件重要的大事却一件都没干。

先把所有需要完成的事列出来，然后对大任务进行分解，分解成小一些的子任务，再对任务进行排序。排序时最艰难的步骤就是决定放弃或者推迟哪些东西。

（4）找到适合自己的好方法。

开始时间管理的时候，大家都会热衷于搜罗和学习各种方法。比如有一种著名的战拖策略叫作“吃掉那只青蛙”，鼓励大家给最重要、最困难的任务以第一优先权。但是我在实践之后，却发现这个方法极其不适合我。因为如果一上来就强迫自己完成最艰巨的任务，我反而会容易知难而退，会造成各种拖延。所以我摸索出的合适自己的方法是先完成最简单、最有兴趣的工作，通过这些初级工作渐入佳境，等效率上来了，再去啃“坚硬的骨头”。

说到这里，时间管理却还不能结束。桥本和彦曾经说过，“没有体现结果的时间管理就不能称之为时间管理”，因此定期对时间管理的成就和不足之处进行反思，就有非常重要的意义。

在我看来，坚持时间管理最大的挑战就在于：它其实是反人性的。即便你用最高科技的工具，按照最合理的科学方法、符合生物钟的方法规划好了时间，然后恪守，一天下来有很大的收获，你的内心也在呼唤你歪倒在沙发上刷手机、追美剧、和朋友瞎聊。

为了战胜无时不在的诱惑，就需要时不时地重温一下目标，配合着各种短期、中期、长期的目标，时间管理上也应相应配合着进行松弛有度的分布。任何时间管理和战拖秘诀都离不开恒心，但是生活必须要张弛有度。

如果是学生为了考GRE，那么两个月的短期突击式的冲刺，要比断断续续地复习一年有效；而大考完毕，可以有一小段时间让大脑放松下，以便进入下一阶段的目标。

一个人如果长期无目标地疲劳战斗，那么时间管理便会沦为空谈，你依旧会身心俱疲且内心无比迷茫，那样的话还不如好好歇着。

当然，如果把时间管理放到整个人生来看，有些人喜欢有计划、高产高效的生活，也有人喜欢随性自由的节奏。这些都没有问题，你尽可以按自己的喜好选择自己喜欢的方式。不过要记住，每种选择都意味着相应的放弃，只要回过头时不会患得患失就好。

对很多人而言，时间管理也是一种成就。他们对时间管理的追求，就是对成就感的追求，这也是他们进行时间管理的最大动力。

如果是这种情况，那么拥有一个能完成后打钩的to-do list（待办事项列表）或者任务工作本、相关任务管理App，让这种成就可视化，就是很好的选择。

对我个人而言，时间管理的最大成功，不是达成了什么了不起的大成就，而是让自己能更明晰时间的去向、对事物的价值度有所衡量，并通过“管理时间”这一具体行动，让自己不再盲目焦虑。

在前进的路上，放弃那些次要的、可有可无的东西，获取真正重要、有意义的价值，让自己更加认同自己的付出和努力方向，这才是时间管理的本质和最大意义所在。

所有发生在今天的事，都不是今天才发生的

年初和一个做医疗行业投资的同学吃饭，她说她最近投资了一些牙齿治疗和矫正方向的项目，都是人工智能和大数据相结合的领域。

然后她一字一顿地对我畅想："我的梦想是十年后，让这个行当里所有的初级医师都下岗！"

我心头一凛，看着她，因为我姑姑就是牙医，然后发现她确实不是在开玩笑。

当然，她的意思也不是为了让我姑姑这样的医生都失业，

而是真心认为：从技术层面讲，他们的工作，初级和标准化的部分绝对是可以在十年内被取代的——到那时我们看牙医应该能更方便、更便宜。

后来我又见了一个做时尚媒体的朋友，她最近一直在做医疗美容相关的稿子，参观了不少做这个的机构。她说，尽管这个领域鱼龙混杂，但高科技应用的效果也是非常显著的。

比如传统上，一个好的整容医师需要两条腿走路：好审美＋高技术，这就让好医生特别昂贵——因为你得有整个package（组件）。

而她最近采访的一个微整形专家在和大学合作，研究的就是把这两块工作剥离开：先利用大数据和智能计算的手段，识别和建立病人脸部的调优模型；在对方挑好完美脸型后，连接设备精确地反射划分到病人真脸的各个区域上。

——届时只需一个普通的设备操作人员，就可以完成手术部分。

这相当于把一道复杂的综合论述题，拆分为两道选择题，交给不同专业的技术人员来完成就行了。

听完这事儿，我觉得脖子后面凉飕飕的。

无论是年轻还是年长，是稚嫩还是经验丰富，在科技面前，职场人那点儿小伎俩真是不堪一击。

难怪听过一个工程师的介绍："我是训机师，但把时间拉长来看，我是给自己挖坟的。"

新科技推动着向前走的时候，无论你愿不愿意，都不得不被改变。

智能手机刚出现的时候，我爸妈觉得这不是变相涨价吗？诺基亚的"板砖"就够用了呀。结果诺基亚不在了，他们也轮番用了三星、小米、华为……最后离不开智能手机了。

几年前家里的人还有看报纸的习惯，出门都顺便去楼下的报摊买报纸，但随着方圆十里的报刊亭逐一倒闭，买报纸不那么方便了，他们也习惯了下载APP（手机软件）看新闻。

我们也可以说自己在传统行业，既保守又稳定，现在的人工智能、大数据、云计算、VR（虚拟现实技术）……那么热闹，可我又不是这些领域的从业者，和我有什么关系呢？

但如果一项新科技已经普及到妇孺皆知的时候，那你基本就只剩下in（加入）或out（离开）的权利了。

云计算、VR、大数据、人工智能……这些你看不懂，因为它们还没翔实周密有普及到to C大范围应用的程度。

可它们为什么如火如荼呢？因为具有不可估的空间，可以大幅度推动生产效率的提高，且往往已经在to B的领域发挥了巨大价值。

幼儿园的小朋友们一起玩，总喜欢互相说："我以后要当警察！""我长大后要踢足球！""我以后要去幼儿园当医生。"……

我有时也想：他拼乐高那么有兴趣，长大后应该适合向工程方向发展吧？

可我转念一想：最适合他的工作说不定现在还根本不存在呢！

我能做的，不是去替他规划、选择，而是把基础设施搭建好，让他有机会和能力去做出适合自己的选择。

还有很多人说：十年后我们当中的一大部分都会被机器人取代，到时候咱们都将失业！

我对此不是很认同：即便到了人工智能和机器人时代，也会是有的工种失业，有的工种扩张——比如创意和品位的价值就不会消失，而且还会更值钱。

从宏观上讲，科技的发展当然会带来部分职位被替代，但也会相应地创造新的职位——世界上总会有各种各样的好机会，只不过从你熟悉的一端流向你够不到的另一端。

总有一天，无论你是否愿意，sorry（抱歉），你都不得不改变自己，去生存、去生活、去适应新的环境。

今天的我们很焦虑，但我猜未来的咱们都会更焦虑，因为：

未来是科技推动的，科技的迭代，一定会让最初级工人失业，这是历史的经验；

未来也是迭代的新认知推动的，而比我们年轻的一代会是新认知的原住民，我们的机会就只在焦虑中一次次的跟随和转身里。

人与人之间的鸿沟会加剧：

那些本来值钱的，可能更值钱；

而那些早晚要被淘汰的，如果不去转变，还是要被淘汰。

不是所有人都会被替代，落在后面的就会越来越被动。所以每个人无论境况如何，总还是有些行动空间的。

第一，不要先停下接受新鲜事物的脚步。

因为我们总有太多理由可以停下：目前的工作还不错、生活很稳定、我结婚了、我有娃了、我有房了……

秉持你的好奇心，哪怕在生活里多尝试些新东西，而不是像个“过来人”一样只会说：这有什么好的？！真搞不懂他们零零后！

第二，看懂你自己的优势所在。

大多数人成年后的困惑和迷茫，其实并不来自外部，而是来自我们本身。至于环境的改变，机会的丧失，只是引发焦虑的绷簧而已……

往往安逸的时候我们并不了解自己，只有不舒服和备受折磨的时候，才能进一步明白自己：什么是真正想要的，能力的边界在哪儿，哪些是真擅长的，哪里还有努力的空间……

明白自己不是一蹴而就的，也并不特别艰难，趁着还没特别难受，在自己最擅长的领域投资自己。

第三，在已知的边界内，尽可能地探索、接触一些符合当下趋势的东西。

大到一次跳槽、职业转型，小到加入一个新项目、自己工作之余学个新东西，更小到查个新名词搞清它的意思、认识一个圈子以外的朋友……

中国有句老话，叫人无远虑，必有近忧。

不知道为什么，这两年我越来越多地感受到这句话的力量，从自己身上，也从其他人身上看到就是这么个道理。

我忍不住还得在结尾引用一下马云的话，这是他在今年年初的达沃斯论坛上，对话《纽约时报》专栏作家安德鲁·罗斯·索尔金时说的：“未来三十年对世界而言很重要。每次科技革命都需要五十年，前二十年科技公司出现、后三十年科技得以应用。所以让我们关注未来三十年。在此前的二十年中出现了eBay（易贝）、亚马逊、Facebook（脸书）、阿里巴巴、谷歌……但最重要的是让科技具有包容性、改变世界，这是未来三十年。让我们留意那些三十岁的人，因为他们是互联网时代，他们会改变世界、会成为世界的建造者。让我们也留意那些雇员可能尚不足三十人的小企业。三十岁的人、三十人组成的企业，将会让世界更加美好。”

你未来注定遭遇的一切“年龄”危机，都在今天的意料里

我休完产假回到工作中的第一个项目，就遭遇了严重的滑铁卢。

虽然其中有一半的不可抗力，但我还是接到了老板长达三千字的信，满篇都是对我淋漓尽致的指摘和痛骂。

当然我心里清楚：她只是骂我，还不会踢掉我，毕竟还需要有人卖力干活。

但我的世界因为一封信摇摇欲坠，不禁开始回想自己是怎

样一步一步走到今天这步田地的：

——三年前，我觉得没有成长余地的时候，有一个很好的机会找到我，但我觉得那个机会很累，而且太折腾了；

——两年前，我觉得顶到“天花板”时，有一个还凑合的机会找到我，我觉得现在的单位产假更长；

——一年前，我考虑要换一份工作，再也没有合适的机会找到我，我觉得很茫然，似乎外面更可怕了。

一天，一位二十多年的老朋友来看我。

她平时一半时间在北京做独立策展人，一半时间在法国攻读人类学博士。

我们沿着河沿在柳荫下慢慢行走，微风拂面。那是难得地没有雾霾和风沙，微风和煦的好天气，无论是道边的迎春花、杨柳，还是水中探出头的水草，似乎都知道生长的季节已经到来，尽力舒展着腰肢。

我和她说着近来的遭遇，预测着十年、二十年后的自己，不禁悲从中来，不停哽咽。

朋友问我：“你想要一个什么样的工作呢？”

我说要去一个还有成长空间，可以学到新东西的地方。

朋友笑着说：“你已经学得够多了！你最缺的是找到一个

能让自己把学到的东西用起来，让已有的价值闪光的地方。”

那一瞬间，我像在梦中被点醒。

希望像嫩芽从土里探出头，跃跃欲试。

接下来的日子没有那么励志。

当我辗转在各大猎头公司的时候，被一次又一次地用不同的方式告知：“你的开场不错，不过后面你浪费了太多时间享受了原本不属于自己的安逸。”

如果说之前的心理准备是一种隐约的感觉，而每一次亲耳听到这些话，都是对自己过去几年的无情判定。

一次，同学介绍我去和她的朋友——一家猎头公司的老板聊聊。

我坐在半封闭的会议室里一口一口啜着冰水，听着老板在外面和一个年轻客户谈笑风生，然后送她出门，她们的高跟鞋碰撞着刻意做成工业风的水泥地面，发出清脆坚定的足音，嗒嗒嗒……

那声音每一下都叩击着我的心，我努力抑制自己，不去回想过去几年因为贪图安逸而任凭逝去的分分秒秒。

我知道在n年前，当我决定把“钱多事少离家近”作为工作理想时，今天茫然啜着冰水的结局就已经注定了。

我知道当我任凭自己在原地踏步而无所作为的时候，这一天就已经注定了。

悲催的是，当年选择了留在舒适区、继续从事着一份头顶有光环的工作多年后，我也并没能实现“钱多事少离家近”的“理想”。

市场在变化，趋势在变化，时代在变化，一切都超出了我设计的理想范畴。

这还不算，更讽刺的是，此刻我坐在一个尚未装修完的写字楼房间里，而很多年前，我就在同一栋楼里办公。

许多个早上，我意气风发地，手执一杯新鲜出炉的espresso（浓咖啡），站在巨大的落地窗前，俯瞰着CBD（中央商务区）里众生如蝼蚁般川流不息。

那一副挥斥方遒的气魄，一半来自于误将平台资源看成自己的能力，另一半逐渐消磨于辗转职场的事务洪流中。

那天我和那位猎头朋友聊了很久。

她问了我三个问题，却没有一个我能给出答案的。

她问："第一，你有什么异于常人的价值？不是常规的、工作三五年的人都能创造的价值，而是缺了你就不行、唯有你能给平台创造的价值。

"第二，你只告诉了我你不想再做什么，那么你想做什么呢？

"第三，你说你打算从闭塞、安逸的环境换回"快轨"，也愿意付出代价，你给这个代价划出的底线在哪里？"

离开的时候，我再次打量这栋曾待过一年多的写字楼：

它不再是我熟悉的样子

Logo（标志）已经摘下

曾经的公司和邻居们已退潮般纷纷撤离

有些在这座城市的北边买了自己的地和物业

有些则彻底离开了这座城市

再也看不到动辄跨层的美国品牌店、欧洲品牌店

每一层都分隔切割成更小的立方体

每个立方体里都孕育着名不见经传，却生气勃勃的小公司

大厅不再有西装革履或每一寸妆容都透着精致的时髦男女踱步

而是挽着衬衣袖子、挂着红蓝工牌、透出焦虑气息的年轻人进进出出，仿佛不小步快走就赶不上前面的机会

我走出大楼，回头再次仰视它

在我并不算漫长的职业生涯里，它曾像里程碑一样耸立

再看时，它却像深渊般令人目眩神迷

怀揣着三个问题，我决定重新开始。

我经常陷入间歇性的绝望，觉得自己怎么这么多年奋斗后一切又回到了原点？

但冷静下来后，我又觉得过去的积累还算块宝藏，欠缺的只是一把坚定的锹。

我不停地约见老朋友、老同学、前同事，和他们交谈，听取完全不同角度的意见，学习从别人眼里重新认识自己。

无数方案在我脑子里盘旋：

——继续留在原单位改换部门？

——听从已经跳槽的同事的感召，去一个类似的机构？

——在家里一边照顾孩子一边慢慢思考？

——回到航母型的500强企业？

——去离我无比遥远的互联网公司？

……

当然，还有许多其他纷杂的问题：

——去什么行业？

——做什么？

——要不要转型？

……

我不停地改换着主意，每天晚上躺在床上一个主意，起床后想法又变了。

一次我和一个在海外的朋友通了将近三个小封的电话，快要挂掉的那一刻，她说："不管怎么说，真羡慕你们还在国内，能在大潮里掺一脚。"

她这句话突然让我意识到一切都还为时未晚，至少外面还有的是机会。

但我也意识到：全凭自己的想象，去描绘所有可能的挑战和未知的世界是无用的。

那么为什么不从最简单、力所能及的事情开始呢？

之前不停地和人交谈，让我有了一个很深的感悟：迷茫是这个时代下每个人的常态。

无论你从旁观者的角度看其他人多么成功、多么悠闲、多么坚定

他有属于自己的迷茫和不确定

如果是这样，一切反而没那么糟了

我在一个体系里封闭了太久

最大的问题其实在于：已经搞不清自己所处的位置和高度

但这并不代表我过去多年的积累是浪费

我需要的是先徒手掰一道缝，把外面的世界和自己的世界融合起来

把过去那些主动了解的、被动学到的东西

用更系统的方式梳理、用新的角度理解

才能知道自己的位置

我意识到，之前的自己尽管一直在同一个方向上积累，但这种积累属于重复劳动式的，并没有上升，致使职业发展原地踏步。

还有我亟待提升的知识结构和视野。

在具体的操作层面，无论是流程，还是技巧与方法，我都能够熟练掌握；但如果站在更高的层级去看待问题，往往我又不知道该如何下手。

因为我总是刻意忽略战略层面的信息，觉得那些和自己无关，从而降低了自己的视野，没能把思维带到更高一级。

我开始重新梳理很久以前的培训教材、大部头的专业书、工作里积累的笔记。

在已经滚瓜烂熟的东西背后，又有了新东西在闪烁。

比如大公司里那些每天都要走的繁复流程，以前我只是满肚子怨气地去应付，现在从新的角度去研究，却明白了这样的设计背后的合理性和必然性。

机会在哪里？

我什么也没看到。

但在我埋首努力的时候，至少可以暂时抵抗如影随形的恐慌感。

我可以抓住一些力所能及的东西，知识、信息、新的做法……

我不再担心未来十年、二十年自己都是这样子了，因为我知道这个世界上随时有机会，需要的是有准备的人。

我一心一意地准备了小半年，两个机会几乎在同一时间降临：

一个是一半员工都是前同事、属性类似、稳定如城堡的英国公司；

另一个是充满活力和未知，90%的人都比我年轻、好胜、更懂互联网的创新企业。

在历经了一百多天的折磨后，对我来说这不再是一个需要考虑的问题。

我只需张口说出那个已经在内心演练了无数次的答案就可以了：

——当然是后者！

尽管它未知、全新、年轻得让我焦虑不已。

但我知道除了它，自己别无选择。

因为我知道，那些二十岁时困扰过我的问题和焦虑，如果我不正面冲撞它、击破它，它们就会在我三十岁、三十五岁、四十岁、四十五岁的时候一次次卷土重来，我会一次比一次悔恨，一次比一次无能为力。

除了让自己走出舒适区，去和更年轻的人携手相搏，主动纵身跳入趋势的汹涌深渊外，我真的别无选择。

很多年后。

我看到了水木社区上一位工作十余年的女博士，重寻月薪两三千元的工作。

我看到了华为被裁的员工说作为四十岁的中产阶级，在深圳有两套房，被裁后活不下去的帖子。

前同事告诉我某某创业了，某某离职了正在四处找工作。

还有许多老朋友在抱怨多年前就已经抱怨过的“天花板”和被年青的一代取代的危机……

这些所有今天发生的事情，在多年前，你选择痛苦还是安逸的那一刻，就已经注定。

那些已经发生、还未发生的所谓“中年危机”，必将到来，只看你打算从何时开始应战。

如果你明知道大潮将至，却站在沙洲上提心吊胆地提着鞋子等待潮水到来，毫无意义。

你要么尽可能地爬，爬到一个更高的位置，或者再主动一点，纵身跳进潮水，呛几口水，就会发现一切还没那么迟，也不算那么糟。

强者恒强，莫让年龄和时代裹挟你而去。

“天花板”低、体系封闭，人生怎么突围？

两天前我发了一篇《你未来注定遭遇的一切“年龄”危机，都在今天的意料里》，后台立刻炸锅了，一上午收到了上百条消息。

其中很多人留言讲了自己的处境，但在我看了几百条消息后，发现是共同的处境：

三十岁上下，虽然在工作，但是岗位“天花板”较低，所处的系统或者体系比较封闭，对工作也没有特别大的热情，前有狼，觉得外面的世界很可怕，自己一无所知；后有虎，自己做的事情算不上有特长，可替代性高，充满了危机意识。

觉得需要改变，可是不知道怎么开始，也不知道机会在哪里。怎么突围？

给大家分享一下我的看法：

一提到“突围”，大家可能很容易联想到“工作中突围”。

但在我看来，工作上的突围，往往是最艰难的，至少有很大的障碍。因为既然很多人还在做着一份工作，就说明尽管有种种不如意，它至少提供了一份家庭生活所需的薪水。如果你恰好还是家庭主要的收入支柱，那么工作上的突围就难上加难了，这也是许多人想改又不敢改的原因吧。

所以真正的突围，反而是从工作、生活中的微小转变开始的——它们难度系数较低，但远比你认为的有价值，也更容易实现。

比如你可能在一座三线城市里做着一份一眼可以望到头的

工作，有两岁的孩子，薪水不算特别高，但在城市里也说得过去，看不到什么升迁、转岗的机会，也不打算离开所在的城市。

那么有可能开始运动、锻炼身体就是你力所能及的事、可以改变生活的起点。因为安逸并不等于健康，而健康，对于一个在平静小城中安逸生活的人是非常重要的。对于在相对小的城市中生活、身处体制内的人而言，运动也不失为一种扩充人脉和社交的好方式。

当然运动只是举例，类似的切入点还有写作、读书、亲子学习、学习某一项专业技能，甚至开网店等。

它们的共同之处是：你需要找一个和现有生活高度关联、符合你现有利用时间的方式，以及不那么费劲就能坚持下去的“业余营生”，哪怕它看起来非常微小、不值一提。

我在上一份工作中的“业余营生”是从自学MOOC（大型开放式网络课程）开始的。

在我开始在FutureLearn（未来学）上学MOOC的时候，它对于我当时的工作没有任何立竿见影的帮助。但通过MOOC这种在线学习的方式，我接触到了Coursera（可汗学院）、

FL等一系列国际化的大平台，开始了解其背后的运营理念，进而对当时的互联网教育有了更深入的了解……但在很长一段时间里，学MOOC这件事，对我的工作来说是非常小众且“无用”的。

直到有一天，英国教育界发生了一件大事：前BBC（英国广播公司）的高管加入英国FL平台任CEO（首席执行官），请来了查尔斯王子为之背书，力图打造欧洲第一大在线MOOC平台，才开始和我当时在使馆的工作产生交集。也正是借助那点无心插柳的交集，我和互联网领域开始建立一些connection（联系），才有了后来的工作转型。

当然，每个人的情况不同、爱好不同，你应该寻找到自己愿意开始、容易切入的点，尽快开始。在这个切入点之后，是以此为契机，尽可能地找到一个圈子融合进去，一步步地突破“两点一线”的藩篱，扩大社交范围。

以运动为例，如果让一个内向的人扩展人脉，可能很困难，但如果让她在爱上运动后，再通过打羽毛球、登山、接力马拉松这些群体型运动打开社交的突破口，则非常轻松自然，也很健康。

在你平日的小圈子之外，适当地加入一些本地化的爱好圈子或全国范围的圈子，则有助于开阔自己的视野。

如果你还愿意尝试在这样的小圈子里进行积极地分享，或承担一些工作，则不知不觉中可以开发出一些你自己没能认识到的技能。

比如现在许多基于微信的大社交群，创办者往往是女性，再往前追溯，她们当中相当一部分人，原来是居家全职带娃的年轻妈妈，她们的长处是有时间、能投入、爱分享、爱总结、手机不离手。许多人没有刻意要融入互联网，却在不知不觉中成为有“套路”、有心得的高级运营。

以上还可以带来一个直观的好处：你可以通过持续做一件事情，一点一点地增强自己的自信心，一步一步地探索自己的边界。

而所谓自信心，从本质上讲其实是一个人对自己能力边界的预期和自我控制力。

当一个人长期处于一个“天花板”低、体系封闭的环境里时，最大的问题也恰恰在于丧失了这种预期和控制力。而当你愿意开始探索小事，无论是工作中遇到的，还是生活里爱好的，其实都是在循序渐进地，用一种还算舒适的方式，去帮助你不断探知自我的能力边界，并不断地向前推进这种边界。比如组织一个活动、公开一篇作品、收到正面或负面的反馈……

在这样的过程中，你会不断有“我居然做成了这样的事！”，“虽然有些烦了，但还是想坚持下去”以及“我这么简单的分享，居然也能帮助到别人”的心态和成就感。

在这样循环往复、阶梯成长的过程里，你会对自己越来越有把握，在生活中、工作里，也会不自觉挺起胸膛。

并且更重要的是，你可以通过一些力所能及的事情，不断优化，去和一个更大的、突破了实际平庸生活中物理界限的世界接壤相通，并从中汲取下一步前进的力量。

直到有一天，量的积累开始把你推向某种边缘：

——比如你会发现现有的生活再也难以忍受，必须破壳而出。

——或者你发现副业已经创造了同等的收入，可以养活自己了。

——或者你发现业余的收入不知不觉提升了你的耐力、韧性，打造了你快速学习的能力，而这些新的能力可以在事业上助你一臂之力。

……

退一万步说，即便以上都没能发生，它所带给你的精神面貌、生活面貌的积极改变，仍然是可以明显看出的。

因为工作的关系，最近半我接触了特别多的自媒体大V。我观察到一个惊人的事实：大V往往出身于四线以下的小城市。

尽管从中V到大V这一段，他们已经搬去了一二线城市，但从最开始默默无闻的nobody（没有人），到积累一定体量，打出个人品牌，却往往发轫于老家或者许多人都没听说过的小城镇。

这点让我感慨特别多：在这个时代下，物理上、地理上的位置固然还是一个天然的障碍，但总有人能不断击破它们。

从中V一跃成为全网尽人皆知的大V，往往是偶然的成功，比如有一篇文章或一个事件很幸运地火了，连带着整个人也火了——但从nobody到中V的这段路，却是个人努力所积累的必然结果——往往就是从不起眼的开始行动，比如健身、学英语、科学育儿……到默默无闻地坚持，到不断扩大圈子，跃入之前无从想象的天地。

人生在任何时候都是有能力做出改变的，这不是一句空话。但任何道理在你践行之前，却又都不是你的。

那些曾在文章下留言迷茫并焦虑着的朋友，你们当中有多少人敢于踏出改变的第一步？

圈子不同，如何速融

如何迅速切入一个新的领域，是我们不断遭遇的难题之一。

无论是更换一个公司、更换一个部门、更换一个团队，或是手上被加了一个新的业务、进入一个新的行业，甚至因为跳槽或创业，彻底转行，都需要面对这个问题。

面对这个宽泛的命题，其实可以用十二个字来解决，那就是：会学习，够用心，同理心，大局观。

（1）会学习。

当你进入一个全新的领域时，学习当然是头等大事。估计每个人都会像海绵宝宝一样，愿意竭尽所能地接收尽可能多的信息，多吸收养分。

这时候作为新人遇到的最大问题，往往不是没的可学或不愿意学，而是需要学的东西实在太多，有点无从下手——别人提到A你没听说过，别人提到B你也不懂，别人说C怎样怎样，你就彻底慌了，因为还是没听说过。

我有个朋友就遭遇到了这样的困境，因为公司要转型，所以由她来接洽金融领域的合作伙伴。第一次开会她就被吓到了，对方虽然态度友善，但一张嘴就是各种英文缩略语和专业名词；中午双方一起和第三方吃饭，大家提起业内某某或者某位专家都是一副了然于心的样子，提到某个案例也是一副心照不宣的样子，只有她是满脸问号，只能闷声吃饭。

我们都经历过这种类似的场景，此时你最大的困难其实是你不知道什么是别人期望你应该知道的，什么是别人压根儿就没期望你懂的，所以尽管非常难受，此时你也只能闭嘴听着。私下里，有不懂的可以问问别人，正式场合听到不懂的，只能随时记下来回家做功课。

我有个好朋友是从政治学转的金融领域，她分享了她自己总结的实用新人吸星大法：

从任何一个你相对感兴趣的点出发，进行阅读和学习，然后你会碰到一些不认识的名词或者案例掌故，如果出现得很频繁，那么就进行查询和拓展阅读，然后在拓展阅读中，你又会遇到更多不认识的名词和知识点，就继续标示、查询、阅读……

开始时会非常痛苦，因为你几乎什么都不懂，这也是为什么要从感兴趣的点出发，就是为了避免整个过程太枯燥。这样坚持三到五个月，你就豁然开朗了，许多散碎的珠子可以串成线，别人说的东西，你有很多都能听懂了，至少先解了燃眉之急。

（2）够用心。

在新领域内的学习不仅仅是获取新的信息和知识，这段时间你接触到的人与做事方式，会直接影响到你未来很多年对职场的观感与做事的方法。

当自己遇到困难时，偷偷观察下别人在用什么方法解决；犯了错误也用不着太过气馁，而是要总结下经验，虚心和别人交流一下。

记工作日志是一个很好的习惯，不善于写作也没关系，就单纯地记流水账即可。因为想的时候容易逻辑混乱，或者想想就忘了，可一旦落实到笔头上，思路就会变得更清晰，思考也能更深入。当你把经验写出来的时候，这个经验就融入了你的血液。

（3）同理心。

每个领域都有自己的思维逻辑和处事风格，不同公司在处理同一件事上遵循的原则会千差万别。

我的朋友从大型日企跳去了美国小公司，着实被里面年轻人的没大没小吓了一大跳；还有朋友从银行跑去做金融P2P（互联网金融点对点借贷平台），很多大胆行为都带给他很大的震撼。

对于看不惯的现象以及你无法理解的事情，都先暂时不要随意发表评论，你看到的只是表象和冰山一角。初来乍到的新人切忌太过敏感，除了必须要坚守的底线，没必要处处坚持原来的自己，最重要的是融入。新的领域内难免良莠不齐，但你进来不是为了做评委，而是做最强的运动员，时刻本着这种心情，吃点儿小亏也无所谓，周围的人多少会对你有借鉴价值，却无法左右你。

同理心还是指在新的领域内，能够把自己替换成被服务的对象。乔布斯在iPod（苹果便携式多功能数字多媒体播放器）时代攻击竞争对手Zune（微软便携媒体播放设备），最常用的一句话是：苹果的胜利是因为员工热爱音乐，他们设计iPod是为自己而设计，而微软没有这样的热爱者……如果你不热爱这件事，你就不会付出额外的精力、时间，更不会去挑战自我、挑战现状。

（4）大局观。

许多人切入新领域后可能到此就停止了，而实际上，拥有大局观才是这个过程中让人得到升华的关键步骤。

拥有大局观，首先需要构造自己的知识体系。

我观察过身边一些优秀的交互设计师，他们在知识结构上都非常成体系，逻辑十分严谨，在很多时候几乎可以顶大半个产品经理。他们优秀就优秀在突破了设计和产品的藩篱，把眼光调整到了整个产品、使用者体验的高度来思考怎样做设计，而不是成天埋头搜图和做小卡片。

其次，你最好能够逐渐拼凑出这个行业乃至整个产业链的各个环节。你需要知道公司的商业模式、价值主张、竞品分析、它在产业链内所处的环节和地位……知道那么多干吗？当你对这些有了基本思考和试着拼凑出一幅完整地图时，今后你再听到任何信息，就都可以拼插进你自己的信息图谱中，但没有这一整套索引，信息和前瞻趋势于你只是浪费。

最后，这个大局观还应该落实回自己身上。在工作一段时间后，要抬起头来想想自己最初的计划和梦想。随着认识的不断深入，你会发现最初的预期可能是幼稚甚至错误的，这时就需要不断重塑你对行业乃至个人职业发展的知识体系和时间规划。

切入新的领域是我们现在及今后都将不断面临的挑战之一，无论你是主动还是被动，都是好的机会。前期的工作是对以后的铺垫，当你的位置慢慢越来越高，你会发现能力不重要，重要的是自己的心态和阅历。

零散化写作，让你与众不同

如果说“会写作就能成就人生”，一定会有人不同意：写作是文科生的事情，而我是做工程、技术、学术科研……所以我不需要写作。

如果是这样的话，他们对写作的理解及它所能发挥的价值，就理解得太狭隘了。无论你做什么，会写作都会让你的人生更成功。

37signals（美国一家私人控股的网络应用公司）的创始人贾森·弗里德是开发人员出身，又是成功的创业者，他曾在畅销书《重来》中开设专门篇幅强调写作的意义。他说“雇那个写作最厉害的人”，为什么呢？因为无论你要招的是营销人员、推销员、设计师还是程序员，无论是谁，他们的写作技巧都会对工作有所助益。

我已经在我未来要做的一百件事情的清单里，加入了一条——去学“非虚构写作”这门课以及相关课程。实体课堂还是网络学堂并无所谓，反正一定要进行更系统化的学习。

写作会帮你培养如下优势：

（1）清晰的思路和严谨的逻辑思维。

一个好的写作者绝不仅仅是有华丽的辞藻，而需要同时具备清晰的思路。优秀的写作者懂得怎样切入一个话题，并逐步剖析，最终抵达问题的核心。

他们让事情易于理解，也会站在别人的立场上做多角度思考。他们知道怎样删繁就简，怎样根据中心思想安排详略、主次关系，知道怎样围绕中心点展开论述，知道如何高速有效地收集素材……而这些，从求职起到真正工作，都是十分重要的基本技能。

（2）沟通能力。

好的写作者会因写作而获得良好的沟通能力，即便一开始他们根本不善言辞。

由于写作是对语言组织一种最为积极的练习，即便你并未刻意去提高说话的能力和口头表达能力，可不断写作会让口头输出上也出现进步。

写作者的换位思考和同理心也会让人变得更具洞察力。你可能很坚强，但写作能让你更敏感、更敏锐。我们的语言能力似乎和直觉以及身体其他不可见的触角有着某种神秘的联系。换而言之，写作是一种需要调动五感的创作，它不知不觉地让我们伸向世界的触角更加丰富，对世界的感知和理解也更加多元化和触碰本质。

（3）写作会增强你声音的传播力。

每个人都有机会冒出一些好点子。生活在社会中，对于各种现象事物，你总会有自己的观点和主张。可惜的是，这些观点和主张中的绝大部分，都被我们白白浪费了。

写作在现代社会能东山再起，部分是因为移动设备已经侵占了我们的生活。看看职场里多少人在用邮件和短信而不是用电话交谈，再看看多少新闻热点和搭讪沟通是发生在社交媒体上。

褚橙是靠什么打开的今天一果难求的局面？

除了名人背书外，它其实有两支桨，一支是配备全国物流能力的电商销售平台，而另一支桨则是绝地再起的动人故事。如果你会写作，那么酒香永远不怕巷子深。坦率地讲，即便是不那么香的酒，如果你会写作、会讲故事，也能被推销一空。看看财经作者吴晓波如何在两天内让他的“吴酒”销售一空，就知道此言不虚。

（4）会写作还可以帮助你积累人脉，最终打造鲜明的个人品牌。

Linkedin（全球知名职场社交平台）创始人Reid Hoffman（雷德·霍夫曼）曾说：“每个人都应该建立一个不受老板、地域及行业限制的身份，注册你的个人域名和网站名称，打印一套名片，上面只印上你的名字和邮箱。”

而最直接实现Reid所说的这个目标的，就是开始写作，记录和分享你的体验、专业领域的知识和经验，让自己的技能、经验、成就，甚至不足挂齿的亲身经历，都能得到传播。

或许你还不够权威，也没有资格成为大牛，但是如果坚持将你对行业的认识分享出去，至少会成为信息的枢纽。时间一长，优秀的人自然会主动来找你。另外，寻找素材和组织写作的过程，难免会发生各种交流，也会进一步加强你的认知，并扩展人脉。

这时一定会有人问：“可是我写不好怎么办？”

你是从一生下来就很会说话的吗？

我们不要把写作看成是特别严肃、特别宏大的艺术品创作。

其实写作有很多种，哪怕你只是为自己在笔记本上开设一个简单的工作日志和生活经验流水账，然后坚持每天划拉上两笔，时间一久，功夫慢慢地就出来了。

正如丁香园的创始人给年轻学生的建议一样："养成一个好习惯，每天做工作记录，每天回顾自己……然后跳槽的时候，你会发现自己比很多人都牛，一个好习惯就能秒掉很多人。"

人们总是以为，一个好的写作者之所以优秀，是因为辞藻华丽、能引经据典。而我多年来的观察却恰恰相反：一个写作者能被称为优秀，是因为他的思想、他思考后的结晶——观点。这就是为什么在现实生活中，许多文字朴素的作者，依旧可以仅凭思想的利刃轻易地直抵我们的内心深处。

写作的最终目的是让自己有所提高。写作可以分享，但传播并非必需。

写作本身就是一种奖赏，它培养了一种习惯、一种思考方式；它会增加你对社会变化、对身边琐事的敏感程度；而你对信息的接收模式，也将以思辨的方式进行接收。写作过程让我们无比清晰地看到自己哪一点上的不足，在不知不觉中打开了许多隐藏的窗户，让外面的风可以吹到你。

我们所在的时代，依靠科技信息的纽带将世界连接得更加紧密。

在这个世界体系里，思想将是最通行无阻的世界货币。怎么让诸人知道并认可你的思想？唯有写作。

不是认识人就叫人脉了好吗

最近随着大学生创业的流行，“人脉”又成了热词。

从某种程度来讲，职场类社交App之前成功融资也助推了这个浪潮，虽然marketing（销售）有点滞后。

你上班，一进写字楼，迎面就是江南春的那张圆脸：只要我的人脉还在，白手起家不是梦；你下班，回家一进电梯，迎面又是江南春的那张圆脸，只不过从动态视频换成了静态海报，台词仍一样：只要我的人脉还在，白手起家不是梦。好不容易休息了想去看场电影，大白还没登场，暖场广告先出现了一个超大超圆、白白胖胖的江南春圆脸俯视着你，深沉地说：

只要我的人脉还在，白手起家不是梦。除了台词外，江南春还讲述了他怎么在困顿的时候被隔壁软银的人敲门，拿到了第一笔融资。可惜广告全方位讲述的这个故事，其实和人脉还有一定差距：江南春获得的人脉，其实是靠着线下实打实地做人做事做项目积累起来的人脉，而不是依靠互联网上狂点“关注”和“认识”而建立的“人脉”。认识人并不等于就有了人脉，互联网帮我们完成的其实是第一步：认识。从认识到人脉，还有很长的一段路要走。

人脉的本质是基于资源置换这一前提而成立的，也就是说，即便没有发生真正的资源置换行为，人脉其实也意味着某种将来能置换资源的能力和可能性。而所谓“认识”，离“互相认识”尚有距离，离“认可”更是有差距，就更不要提资源置换了。

有个在互联网企业做HR的朋友，抱怨现在不靠谱的应聘者越来越多了。比如A先生去他们公司应聘高管，一上来就在求职邮件里说，我是你们CEO的朋友，看到你们正在招聘×××云云。

HR拿着这封邮件去找CEO，问：这人您认识吗？CEO回答：不认识啊。后来想了半天，翻出手机，点开一查，原来A先生在N个社交软件上和CEO互相关注了。不过互相关注又能怎样呢？人家照样记不住你是谁，更重要的是这种自来熟地说“我是你们×××的朋友”的行为其实非常招人反感。稍微有经验一点的HR不是你用名头能轻易唬住的，如果真的是CEO推荐的朋友来应聘，是不会不打一声招呼就上来自我介绍说是某某的朋友的。

还有另一个朋友所在的公司，有次大老板给核心管理层发了个截屏，并说：“此人我不认识，要防止以后打着旗号来应聘。”原来是一个妹子在某个App里加了他，然后左一个“哥”右一个“哥”地各种表示想应聘该公司的愿望，最后老板只能拉黑该妹子，并在公司里广而告之：“此人不能要。”你看，你以为社交平台拉近了人和人之间的距离，从某种程度上它确实拉近了，但你不能奢望社交平台能就此帮你填平价值的鸿沟。

有人在“知乎”上问怎么经营自己的人脉，答案很多，我最认可的是排名第三的回答，里面有一段话：“第一，你需要先建立自己的价值；第二，你要善于传递自己的价值；第三，要习惯向别人传递朋友的价值。”可见，人脉的积累，认识只是基础，后面环节的打通是要靠自身品牌的建立、品牌的传播以及口碑效应来积累的。所以，不要老想着“今天认识，明天就用上了”这种鬼话。如果明天用上了，后天就断了，那只是一次单纯的“利用”好吗，谈不上什么人脉。

那么应该怎样打造自己的人脉呢？首先还是应该建立自己的价值。我们会看到各种言论，宣扬所谓打造人脉就要多认识人，其实这是个误区。首先，认识不等于人脉；其次，如果对方根本不了解你，即便互换了电话又怎样呢？他甚至不敢轻易接受你对他的帮助；最后，就算不是所有人都善于像花蝴蝶那样飞去各种场合社交，如果你是一个搞学术的，成天去各种媒体声势浩大的会场蹭吃蹭喝、收一摞名片也是没用的，还不如踏踏实实地多搞研究，换取一个参与顶级学术会议的资格，不卑不亢地去和同领域、高境界的人交流学术观点，哪怕只认识了两三个人，可只有这样的人才是人脉的价值基础，才会对你未来的学术研究或者工作领域有所帮助。

回到最早的问题，在互联网完成了认识这一步后，是否有可能从单纯的认识升级为人脉呢？还是有可能的。比如你在Linkedin上认识了和你研究领域相同的某人B，你在研究领域遇到了某个难题，穷尽办法都无法解决，然后你发私信给B，如果这是一个高质量的问题，你自己在这个问题上又做了很多功课，B是会回答你的。这个回答有可能解决了你的问题，也有可能解决不了你的问题，但这个高质量的互动却奠定了接下来的更多高质量的互动，然后互动多起来了，你们就逐渐完成了认可的过程，然后抛开Linkedin又通过其他方式沟通一起钻研问题，最后的最后，你们共同发表了一篇论文……

这个过程不是我编造的，而是切实发生在我身边朋友身上的例子——将凭空认识的人，一步步变为了真实的人脉。这种交往是建立在自我价值的建立和传递（提出高质量问题），以及高质量的互动基础上的。

缺乏意志力的人，如何轻松战胜拖延症

许多人以为，爱拖延是因为压力不够大、时间不够紧。恰恰相反，很多时候压力越大越容易拖延，因为压力下你很容易陷入“天哪，怎么做得完”的恐慌，突然就丧失了信心和动力。

比如你三天后要交一个英文报告、一个月后要完成某个项目，知道deadline（截止日期）以后你突然就恐慌了，对着屏幕，明明内心无比焦急，大脑却一片空白。

这时你就开始站起来东摸西摸，窸窸窣窣地吃东西，上网找思路，搜着搜着资料，又开始看娱乐短片、搞笑新闻，开始刷微博、微信……当然你可以说这是拖延症在某个场合犯了，但我更愿意管这个叫作重压之下的临场失语症。这是强压扑面而来，自己又暂时处于一个低点时，一时不知从何下手的紧张症。我统计过，自己平均每个月都要犯一次这个毛病，基本跟着大项目的周期一起到来。

类似的情况还有很多，估计很多人都亲身体验过：

——濒临考试了，却天天蹲在屏幕前追美剧；

——论文题目被导师全盘推翻，身心受到重创，明明知道三天后要交新选题，到了第三天中午还没敲一个字；

——周五要交稿了，周四还在和朋友发微信：“怎么办？怎么办？一点灵感都没有好焦虑！”

——领导说下周一要培训计划，可自己却几乎没有整块时间用来思考，一直追在各种杂事的屁股后面收拾，在last minute（最后一刻）随便胡诌了一个。

这种例子可以一直罗列下去，写上好几百页也写不完，如果发动大家来写，估计列出来的清单能绕地球好多圈。

我也曾经非常热衷于学习各种战胜拖延症的方法。但看得越多，我越发现许多所谓“战拖成功”的达人，其实本身就是拥有强大意志力和毅力的“牛人”。与其说是他们战胜了拖延，还不如说他们压根儿算不上是拖延的人。他们所教授的方法虽然有普适意义，但我们这种意志极不坚定、缺乏毅力、容易在压力下不知所措的人，又该如何战胜拖延症呢？

经过多年的摸索和实践，我总结出两个很好的方法。这两个方法的牛掰之处就在于，你不需要战胜什么自我或者痛下什么决心，只需要老老实实地照着方法去做，很快就能得到你想要的成果。

先说第一个方法。

这个方法非常简单，就是无论给你带来重压的任务是什么，当你发现自己在荒废时间且完全没有思路的时候，只需要打开本子或一个空白文档，随心所欲地写一些和目标略微相关的词汇、短语和并不通顺的话——无须追求有意义或者有逻辑，只需进行“写”这个动作即可。

比如你应邀交付一篇关于战胜拖延症的稿子，由于排版需要，这篇稿子需要在3500字左右，明晚交付，而你搜索资料就花了大半天，可还是一点儿感觉都没有，陷入了巨大的恐慌中。更糟的是，一旦陷入恐慌，你不但继续焦急地拖延着，而且还会绝望无比。

这时你可以按我的方法，打开一个空白文档，随便打上一些相关词汇即可，不用是什么完整的句子，甚至不需要有意义。比如你可以敲在文档上一些记忆中与拖延相关的词汇：

GTD[③]，拖延，拖累，压力……

词汇用完了，再试着敲一些和拖延相关的牢骚，或者你内心深处关于拖延症最真实的想法：

“天哪！拖延症怎么可能被战胜？我觉得写出战拖文章的人其实也都是拖了很久才写出稿子来的。”

“村上春树果然不是凡人，居然一个人这么多年都能高度自我克制，战拖，写东西，马拉松……”

“哈哈，找我约稿的编辑也有拖延症，他上次说三月把小样给我，五月了都没做出来……”

写到这儿，你可能联想到了之前读过的某篇文章，反正现在是草稿阶段，你可以放任自己抒发真实的想法，把它敲下来：“某某作者写的战拖方法一点儿都不实用：第一，我不觉得一个拖延症的人可以一边拖延，一边剖析自我……第二，作者居然说……”

一个小时以后，你发现自己完成了一篇绝佳的批驳“战拖鸡汤文”的檄文，外加一些颇有亮点的牢骚，但是它还不够

---

③ getting things done的缩写，意为把事情做完。

3500字，也不太符合编辑的要求。但这时你的写作已经上道了，不知不觉中你已经完成了从0到1的过程，接下来无非是怎么就着这锅菜弄出花样的问题，而且从1到10，比从0到1要容易多了。

接下来你可以根据已有的文字，提炼出连贯性更强的提纲，再把已有的文字打散，按照逻辑填充到提纲里，提纲中空缺的部分就是你需要再补充创作或者旁征博引的部分。稿子已经完成了70%，接下来的30%已经不是什么大难题了。

不过第一个方法不是任何情况下都适用的，比如以下这个常见情况它就不适合：

你要交一篇关于文明冲突的政治学论文，正一筹莫展。

实际上你焦急的根源并不是无从下笔，也不是真的大脑一片空白，而是在你的潜意识里，你认为这是一个已经被分析滥了的经典课题，无数政治学者已经用他们独到的见解、精辟的语言分析过这个问题了——因为已经预见到自己不可能超越前人，导致你陷入了悲观情绪，甚至不愿意开始。

这时可以用我的第二个方法——“庖丁解牛”大法。

这个方法也很简单，比第一个还要简单，就是谁让你不自信，你就学谁。翻出他写过的最令你难忘的一篇论文，打开电子文档，把自己的字体调成红色，开始给电子文档写批注。

注意只需要批注以下三个内容：

（1）提炼每个段落的中心思想和关键语句；

（2）标注出你认为特别好的观点或者句子，然后在旁边写下你自己的批注：认同还是反对，你想到了哪些佐证，你为什么有不同意见；

（3）重要篇章后，记下你自己读完后的收获。

好了，现在把文章里面所有红色的字拷贝到空白文档上，你就已经有了一个初步的大纲。

这时关掉那篇前人写过的经典文章，以红色的文字部分为骨架，把你手头上所有已有的素材、观点、评论都填入骨架相应的部分中，不必追求语句通顺、用词妥当。当你把七七八八的肉填进骨架后，实际上你已经完成了大部分工作。

这个方法的妙处在于：我们很容易陷入某项看似相关却很低效的重复工作中进行拖延，比如不停地翻阅、跳转文档，上网浏览粘贴，没完没了地讨论……而这个方法却迫使你尽快地进入思考状态。

对于需要进一步加以佐证、找reference（参考资料）、寻求对立观点和你认为存疑的地方，根本不要深究，用绿色高光把它标出来即可。此时你不需要在密林里找东西，而是要在平原上急行军。在行军过程中可能有战马跌倒，可能有行李遗失，也可能在草坑里崴了脚，可能错误地跑进了别的编制队伍里……这些都不重要，重要的是你只需奔跑即可，在黎明前抵达那个桥头堡阵地。

庖丁解牛的过程，可以让你洞悉高手的素材组织方法、陈列观点的架构，以及他们怎么循序渐进地阐述自己的论点、铺陈论据，接着你就可以自信满满地站在巨人肩膀上完成一个更精彩的论文。因此，此法又被称为“3分钟山寨牛人”法。

最后总结一下，压力山大战拖法的几个原则是：

（1）追求速度比追求质量更重要。

就像美国创意教母卡梅伦夫人说的：“造物主，我来负责创作数量，你来负责创作品质。”

（2）绝对不要苛求完美。

就像很多人分享过的，不妨从一开始就认定“我就是想要写一篇特别烂的论文，只写给自己看”。抱着这样的指导思想，进度完全不成问题，写完之后会发现其实不是特别烂，修改后交出去的论文质量，甚至比以往赶工完成的都要高。

（3）方法一定要简单。

战拖可以延伸到复杂深奥的心理学领域，大牛们也总结了形形色色、自成体系的方法论，市面上还有各种学习班，可以分二十个课时对你进行教学指导和学习。

但我想说这些都太复杂了，如果一个人真正能内心强大到战胜自我，那么他根本就不会有拖延的毛病。战胜拖延应该从小处着手、从简单的方法开始，比如本文谈了两种方法，都不需要什么毅力和信心，你只需要掌握任意一种就够了。

方法论，简单易行比复杂深奥更重要。

战拖，动起来比坐着学更有效。

以学英语为例，看你是否使上了劲

每当有人来询问我：如何快速有效地提高英语水平时，我都会问他们一个问题：你认为学英语最重要的是什么呢？

大家的回答五花八门：天分、语言能力、耐力、动力、生理条件、语言环境、学习方法、胆量……这些确实都是学英语成功的要素，但在我看来，却又都不是最主要的。对于那些时间很有限、迫切需要提高英语的人而言，最重要的其实是“目标”。

每个目标都会对应一条相应的学习道路，从而要求不同轻重缓急的时间分配。只有先明确了目标，才能做到合理安排有限的资源，达成最好的结果。

目标可以最粗浅地分为提高应试分数和提高英语水平。这是两种方法，虽然有所重叠，毕竟是两条道路。

我作为一个二十多年的英语学习者，两条道路都经历过，从当年英语实验班里的落后生，到GRE考试的将近满分者，再到雅思的监考官及英国大使馆官员，对于英语的学习，可以说颇有心得。

在这两种目的里，比较容易的其实是短期内提高应试成绩。

因为当前任何一种英语能力测试，在出题上总遵循了其自有的逻辑和需要考查的范围，这就是我们常说的出题思路和题库。

既然考试有其遵循的思路，这种思路当然就可以被分析、解读和反复加以训练。我亲眼见过亲朋好友经历了这样的训练：背核心词汇，然后参加培训班，了解出题思路和基本解题方法，再用题海战术加以练习，就能取得不俗的成绩。

真正难的其实是在并没有一个明确结果导向的情况下学习。

之所以说目标最重要，是因为我们身边可以见到许多这样的例子：

——每天都很刻苦地背单词，日复一日地在朋友圈里打卡；

——夜以继日地看美剧，提高听力；

——花高价上口语班，再花更多的钱真人外教一对一练习……

遗憾的是，以上这些看似艰苦的努力却往往都收效甚微。分析起来，有两条原因：

其一，是学习者往往缺乏明确的目标，因此对学习的结果也无从检验。

其二，是由于缺少目标，因此缺少拼搏冲刺的过程，在漫长的学习过程中，从未突破过自己的舒适区，提高也就有限。

所以学英语的第一步不是背单词、打卡、下载VOA（美国之音），而是认真剖析自己学英语的目的、期望值和自身情况，然后认真设立一个希望达到的目标。

这个目标最好符合以下几点：

长度上，不要太短或太长，太短看不出效果，太长又容易放弃。最好是中短期目标，以半年到一年为度量比较合适。

目标上，应符合实际情况，比你的预期略微再提高一点，并且是你真正希望获得的。就我自己的经验而言，目标还是应该越具体越好。因为只有经过了思考的目标才会是具体的。比如：我希望出国旅行时能和来宾自如地进行基础对话；再比如我希望能写出漂亮的英文邮件——正是这些涉及场景的目标确定了你接下来学习的方向。

有了目标以后，下一步就是付诸实践。

有一天，公司两个刚入职的新人结伴来找我。她们问我，有没有什么方法，可以在半年内，就令英语有突飞猛进的进展，前提是不能影响她们的正常工作。我说："我知道的最好的方法，就是去给自己报一个语言考试，给自己设个时间期限，然后自然而然地你就有了压力，就会自己加码学习。学习的内容虽然是相对应试的，但是单词量、听力、写作能力、阅读能力都会在压力下有高速提高。你们问有效的方法，这就是最有效的方法。"

两个新人想了想又问，如果考不好怎么办？

我说："你们的目的不是考高分，而是以此为场景给自己压力学习。"

她们说："可是那样好紧张……压力好大！"

学习从来就不是轻松有趣的事情，这就是为什么在线教育网站那么爱标榜“学习有意思”。你看游戏网站就从来不标榜玩耍有意思，因为真正有趣的事情不需言说，即便在喜爱的领域怀着功利主义的精神学习，学习也是一项考验耐力和毅力的工作。在舒适区里打卡、背单词，沉醉于天天都在努力的假象中，最终只会质疑：“为什么我那么努力了，却没有好的结果？”

因为有了明确而具体的学习英语的目标，接下来要确定方向：如果你希望提升口语，那么除了掌握基本词汇而不是海量词汇外，你最好还能背诵一些口语化的段落或美剧对白；如果你希望提升的是听力，你可以多看看剧情并不复杂的欧美真人秀节目，关掉中文字幕，全凭着耳朵去猜测，而且不是以看美剧的心态去看，而是要反复看、反复听，如果同一集看了几遍还有听不懂的地方，再打开英文字幕，看看难点卡在了哪里。

如果你希望提升的是自己的口语能力，那么在平时你就需要多背些基本词汇组成的词组，你阅读的英文读物也不需要是大部头的经典著作或涉及颇多深度专业的名人传记，可以多看看轻松浪漫的小鸡文学，或者图文并茂的原版时尚生活杂志，有条件的还可以上上Twitter（推特：美国社交网站）、红迪网，看看英国小报的网络版……总之千万别以为口语是词汇量的问题，很多时候，口语好不好其实都只是谈资的问题。

总之，你努力的方向一定是通向你的目标的一条道路。比如你希望能在明年这个时候写出漂亮的英文工作邮件，那么你努力的方向一定不是看美剧，而是偷偷存下来你的老外同事们发出的英文邮件，你要研究揣摩他们写邮件时的结构，把邮件翻译成中文，再按照中文意思先自己写一封英文的，再对比真正的母语者是如何写这封同样意思的邮件的，然后根据差异来学习和补足自己的短板。

我刚从外企离开的时候，曾自以为英文很好。结果在大使馆上班的头一个月，没有一封信是不被老板挑剔的。除了用词上的不求甚解外，她指出我最大的毛病是一换到英文频道，逻辑清晰的架构就不见了。

对比研习了自己和外国同事的信件后，我发现这其实是由我们的文化以及平时的表述方式决定的。他们习惯一上来就切入主题，每一句话都有的放矢，而我们的表达总是在迂回中前进，要掺杂许多模棱两可的词汇以及和稀泥的辞藻。

明白了这一点，其实是要强迫自己转换思路，向英国人的思维、写作、陈述方式靠拢，只有像他们一样结构化你的信件，漂亮的英文信模板才能出来。再接着就需要拓展常见的office（工作）词汇，知道词组的灵活用法，当然最难的是把握英文中的语气：怎样才能既有技巧、不让对方反感，又能坚定地表达出自己的观点和意见，这是门高深的学问。

在整个提高的过程中，需要牢记以下几条基本原则：

（1）当你说得很差时，不要担心别人嘲笑，全世界只有中国人会嘲笑中国人的英语有口音。

（2）任何语言的学习都不是目的，而仅仅是一种手段。为了更好地掌握它，你需要一个明确的目标来支撑你走完全程。

（3）时不时地在实践中检验你提高了多少，有助于你下一步继续坚持。

（4）短时间的冲刺往往比长时间的拉锯战更有成效，所以可以时不时地强迫自己参加一些必须说英语的场合，营造紧迫感，会带来更好的学习效果。

在任何学习中，最容易缺乏的不是毅力，而是清晰目标。而最容易犯的错误则是前路不明，就只顾埋头前进。只有当你投入的时间都创造了价值时，你的努力才值得肯定。

明确目标可以让你不断地进行自我检验，也更清晰地看到离目的地还有多远。

尽管本文我一直都在讲如何提高英语，但任何一门语言的学习，或者新知识、新技能的学习和掌握，都与此有共通之处。

实现了第一个梦想后，你的人生会有怎样的改变

实现了第一个梦想后，你的人生会有怎样的不同呢?

实际上它并不会有太大改变。

那种命运骤然被改变，而你从此踏上一条前景光明的康庄大道的情况并不会真的发生。在绝大多数情况下，你接受梦想到来时会比预想中平静得多，并继续走下去，该学习就学习，该工作就工作，该干吗就干吗。

绝大多数变化都不是在最后一刻才突然发生的，无论是机遇还是努力后的回报。它们都是在你一路走来时，以渐进

的方式逐步收获的，尽管被外人关注的只是最后辉煌的一刹那。

还有一种更为普遍的情况：尽管你实现了第一个梦想，却不代表可以高枕无忧。已经实现的梦想对你是惊天动地的大事，可是对外界而言，只是再寻常不过的小事。从实现的那一刻起，它就已经过去了，它只是你过去努力的成就，却未必是你未来成功的保障。

以我自己为例，由人民文学出版社出版自己的小说，绝对是实现了我写作中的第一个梦想。在签约以后，几乎每一天我都会坐在凳子上畅想，我的书应该会有怎样怎样的销量，我以后会被多少编辑约稿，如果被改成影视剧应该怎么改……在我各种各样的想象和自我描绘的美妙前景中，新书发售了。可我面对的不是一个被引爆的销量，而是一个微弱攀升的个位数；而我自己除了写写文章自卖自夸以外，就剩下每天刷屏看销量了……

当然，出书这件事虽然没有引爆我人生的礼花，却并非没有带来变化，很长一段时间，它都以不易察觉的方式在改变着我。

书刚刚上架的时候，我突然变得异常脆弱和敏感。我在家里宣布，任何人都不许和我提书的事，也不许评价我的书。因为我特别害怕收到一丁点儿负面的评价，简直怕到了匪夷所思的地步。除此之外，我还特别怕看到其他写作者的成功，某某书籍大销百万册、某某小说改编成电视剧……我不敢看网上自己书的评论页面和销售页面，但又忍不住去看，每次走过书店都要进去找一圈自己的书，如果没有找到就会失落无比，可如果是在角落里找到的，又会觉得更加失落……

这时我的书已经稀稀拉拉地积累了一些销售量和评论，毫不夸张地说，我每天的心情完全就是由豆瓣和当当上的星级数来决定的：多了几个四星五星，我一天都有好心情；多了一个两星，我就能郁闷一整天。

就这样乘着情绪的过山车起起伏伏了几个月，工作生活忙起来了，我也就再没那么勤地盯着网站和销售页面。慢慢地，我进入了第二个心态阶段：不再那么脆弱敏感，而是开始好奇和钻研别人的营销之道。

一旦开始研究，以前工作中积累的信息搜集大法、数据分析工具等全都被用上了，我还会自问自答许多问题。

比如，我的书卖得不好，这究竟是因为我写得不好呢，还是因为不符合大众趣味？

再比如，除了号召身边同事朋友来给我写评论外，还有没有什么其他可以四两拨千斤的营销方式？

为了回答这些问题，有段时间，只要一有空，我就挂在各大书商和书籍评论网站上看读者的评论，找编辑埋伏的软文，看作者们如何营销自己……我终于得出一个令人沮丧的结论：《杜拉拉升职记》和《浮沉》那样的职场小说的春天已然过去了，职场小说本来就没有情感小说好卖，我的书充其量也就是这样了。

既然是细水，那就让它长流下去吧。在后面的几年里，通过朋友和熟人的介绍，我又陆续见了一些出版行业内从事不同职务的朋友，他们也从各自角度给了我各种各样，甚至是互相矛盾的建议，于是我开始思考一些更为深入的问题。

通过多年潜伏于卖书网站和书评网站，我已经很了解大众的流行品味了，那么我要不要去迎合这些品位，顺势去写他们喜欢自己却不喜欢的东西呢？写小说的人很多，我的长处在哪里，作品又有什么独特的风格？

从这些问题延伸开来，我问自己的问题越来越多：

我想通过作品向社会传达怎样的价值观？

我想通过写作实现怎样的自我？

我真的喜欢写作吗？还是只是虚荣心作祟？

如果只有很少人能最终认同我，我还会再写下去吗？

可能有人会笑话我，这些问题难道不是当初动笔前就应该想清楚的吗，怎么绕了一大圈又回来了呢？我只能说这是螺旋式地上升，因为尽管问题相同，但亲身走了这一遭后，我已经比以前更能够笃定自信地给出内心最真实的答案，而不再是那些“我认为正确”的答案。

当然，除了扪心自问的思考外，出书后的我比以往更加关心图书市场的各种新变化和新趋势。我一直在密切关注亚马逊在美国正开展的如火如荼的自出版业务，也研究了众筹出版的利与弊；我知道了怎样用社会化媒体工具对某个畅销书关键词进行传播效应分析，我甚至还自学了封面设计的软件——虽然学完后才发现自己比人家最初级的专业设计还是差了很多，最后决定还是把专业的事交回给专家来做……总之我在许多以前陌生的领域深入了许多，而且还挺自得其乐的。

所以说，收获人生的第一个梦想后，你并不会像小说里讲的那样，突然就被带至某个人生的巅峰。在现实中，无非是那个曾经藏在白云中的山巅终于向你展露，而山脚下隐秘的门突然打开了。

到了此时，完成了人生第一个梦想，对你最大的意义，不在于它是否在巅峰之上，而在于你开始变得视野更加开阔，你能用更高、更新颖的角度来思考问题。

同时因为你将拥有一个新的身份，你可以以此为依托，开始聚集起相关的人脉，并且有了让世界听到你声音的可能性。无论开始时你的声音多么微小，你都会惊讶地发现，居然有那么多素不相识的人愿意为你传播。

这种经历就像我们小时候去爬山，费尽千辛万苦爬到了渺无人烟的山顶，冲着看不见人的幽深山谷大声喊："喂！"或许会有人和，或许没人和，可你都会听到回声在浓雾弥漫的神秘山谷中弥散、传播，有越来越远、越来越多的你的声音，这时你会被莫名的感动所深深震撼。

你的人生梦想或许会很宏大，或许会很渺小，也可能你的梦想不是出书，而是自己开店、开画室、办大棚、搞咖啡馆、开发App……

我身边有许多已经实现了人生第一个梦想的人，看看他们的生活状态，离养尊处优的日子还远得很，可是如果计算收获，他们却得到了许多体验，并乐此不疲。

达成第一个梦想后，不会颠覆你的人生，可它既是上一段行程的里程碑，也是你探索未来道路的一种方式。

NI ZHISHI HAIWEI QUANLIYIFU

你 只 是 还 未

全力以赴

第五章

幸福就是努力和机遇总会相遇

如果世界是随机的，那么总有人比你幸运，但当你换个角度面对世界，就会明白很多事情原来是注定的。

任何缓慢的积累，
在人生中都有着无可替代的意义

最近有人问我，要不要托人给宝宝改下出生日期，好让他早一年上学？

我说，不打算改，我就想让他晚点儿上学。第一，小男孩本来身心发育就晚，再让他早一年上学，成为班里最小那一个，对他的成长和教育未必有益；第二，我觉得人生是条很长很长的道路，今后有的是机会和坎儿让他去浪费时间。

这一年的差别，对于同小区六七岁的孩子似乎很大，但如果放大到整个成长阶段，其实差别并没有那么大。等他过了

十八岁，休个为期一年的假期，读个五年的本科专业，为出国深造做准备，硕士毕业后还想读博士，工作累了给自己放个长假，缺少人生目标时跑去国外打工旅游……随随便便的时间就过去了。

既然人生提供了花样迭出的机会和各式各样的可能来让他花掉这一年的时间，我又何必在他最美好、最能感知快乐的童年急着把他送进学校？

二十岁出头的时候，我去英国读书，借着读书四处乱走，去了十几个国家。那时候最大的感觉就是：哇，原来在好多国家，生活还可以慢悠悠地过！只是人生不可能处处随心所欲，我毕业回国后，在经济高速发展的社会投入到了一个高速旋转、永远在追求完美极限的行业，工作和生活都像是陀螺一样被抽打着旋转、旋转，干什么都要快、要高效，要立竿见影地看到效果，最好有速成大法！别人干什么我也得干什么，别人学什么我也得赶快去学，别人有的我最好也马上能有……我一天到晚忙得不得了，却又分分钟都在焦虑着，无时无刻不在和别人竞赛。

过了三十岁，挑战越来越多，一切反而慢下来了。随着目标越来越明确，我做事也没有原先那么着急了。

首先，我明白了生活和工作其实都是一个长期积累的、从量变到质变的过程。你可以短期内气势如虹地速成一项技能，但真正的内功心法却是要依靠长年累月、实实在在的积累才能达成的。比如学英语这件事，我当年出国前很用功地准备GRE考试，花了一个月时间在家闭关冲刺，每天疯狂学习16个小时，最后考出了接近满分的分数（2400分满分，我的分数是2340分）。现在如果再让我去考，我可能连当时的一半成绩都考不到，然而论实际的英语水平，现在的我较之那时候翻了两倍都不止。这并不是因为十年来我一直在用备考的速度冲刺，而是这十年来我从未间断过和英语打交道，只要有机会，我就会让自己尽量进步那么一点点。随着我对英国历史文化政治系统了解加深，去欧洲出差次数增加，和老外一起工作从而了解了他们的思维方式，再加上我看喜欢的英剧美剧，在苛刻的外国老板手下用英文写报告……这些日常工作和生活的日积月累，使得量变产生质变，语言能力自然提高了。但这并不是因为我走得有多急，只不过是我一直没停下，而且走得很稳。

其次，很多时候你需要花一些时间去想想目标的问题。花时间思考、花时间验证、走了弯路还要修正，这些其实比急急忙忙地上路要重要得多。我经常会对自己说一句话："如果你走在错误的路上，狂奔是没有用的。你可以慢点，因为战略的正确远比战术上的急速推进要有价值得多。”

有个大学同学一直在做品牌咨询工作，她已经做到了总监的职位，在圈子里口碑很高，但她觉得到头了、厌倦了，希望换份工作，换个圈子，换一种生活方式。可问题在于，从第一份工作开始，她就一直在做品牌咨询，她不知道应该换成什么，也不知道还有什么适合自己，于是开始了漫长的思考和询问。

她给身边的每一个同学、每一个朋友打电话、拜访大家，和每个人聊天，一旦发现有兴趣的领域，就想尽方法去那个领域找更多的专家了解，最后她花了两年时间弄清了自己的瓶颈和自己究竟想要什么，其间她参加各种面试，几次三番地拒绝已经到手的offer。去年12月她终于完成了跳槽，进了一家投资公司去做文化创意项目的投后管理——既离经济的核心更近了，又得以用擅长的战略思维为企业增添价值，做的还是自己热爱的领域。很多时候，我们决定换一份工作只需要两分钟，她却用了两年，何其缓慢、何其谨慎？但正是这种缓慢和谨慎带给了她最终正确的选择。她知道自己要什么，知道如何去追寻，未来的职业生涯和生活道路会因此而缓缓铺陈开来，她终能在喜爱的道路上义无反顾地狂奔。

最后，现在的我已切身体会到——人生总是会有大段大段的空白期，无论你多么努力、多么急不可待，最后却不得不等待、不得不沉淀，甚至在看不到希望中奋斗，等待机遇降临。这些空窗期总是会不期而至，无论你多么不情愿，都不得不慢下来，甚至停下来，顺从老天给你的放空机会，奉行着看似毫无意义的坚持。

在上一份工作中，我去了英国陪读，没工作，也没挣钱，甚至没有学习，但那一年，让我有机会比当初自己留学时更快乐充实地生活，也更有自信地和各国的留学生交流。

由于有大把的时间，我可以整日泡在宿舍里，把过去几年上班时间有过的各种想法记录下来。所以这空白的一年，我极大地提升了自己的口语能力，并对英国教育体系有了更深入的了解，还累计完成了三部小说的底稿。尽管三部中只有一部最终得以出版，但它为我打开了一扇全新的大门。

再比如生孩子。从生到养，再休产假，不但要慢下来，连业余时间也全部都被占据了，但孩子却赋予了我看世界的全新视角，让我得以重新认识自己，认识父母，认识那些我以前觉得庸碌平凡的人们。有了孩子后，我开始记育儿手记，丢了很久的画画爱好也捡起来了，并且因为开始关注早教，认识了新朋友，加入了彩色斑马，进入了儿童文学创作领域。

当初写第一篇童话时，那种忐忑不安、字斟句酌的情景还历历在目。现在荔枝FM上那篇叫作《月光市集》的童话单篇点击量已经超过三十五万了，很难想象那么多素不相识的孩子都会在睡前听我编出来的故事。他们根本不认识我，我也根本不认识他们，但我们居然每晚都会在电波中相会，这真是奇妙的体验，是我在刚有孩子、开始慢下来时所无法想象的。

失之东隅，收之桑榆，这个过程犹如种子在黑暗中孕育、准备、发芽，你独自努力、默默煎熬，整个世界却一无所知。在外人眼中，这是看不出任何进展的停顿，而在生命的长河里，任何一点一滴的积累都有其无可替代的意义。

这个世界变化很快，信息科技大爆炸，我们身处其中，难免焦躁。但是，没有人可以始终全速前进，也没有人可以在生活、工作、健康各方面当全能冠军。只要你还在努力，努力学习、努力工作、努力生活，哪怕在努力地玩乐，只要你从未停止挖掘内心的真正声音，速度并不重要，一旦你找到真正的目标，就能更有乐趣地体会人生。如果每天都能在乐趣中前进，其实没人会希望急行军，越慢越好。所以，慢慢来吧，一切都不用太着急。

与不合尺寸的爱握手言和

在我怀孕的时候，有个年龄较大的同事特别喜欢和我交流自己女儿的事情。

比如她告诉我怀孕的时候千万不要看太多恐怖片。她就是怀孕的时候看了很多恐怖片和悬疑片，导致女儿脾气十分暴躁。

比如她告诉我女儿脾气非常倔强，母女俩经常吵架。她说再吵就不给你吃饭，她女儿就真的扭头锁上屋门不吃饭了。她女儿的主意很大，高中时在英国读书，头天还在通电话，第二天就自己买机票回来了。

这类成长琐事说多了，她女儿的形象在我脑海中就逐渐鲜明固化起来：一个脾气执拗、性格暴躁的黑胖怪咖。

几年后，这位同事的女儿来办公室找她，我们都惊呆了：她女儿肤白貌美、温和优雅，打扮得简约而有品位，而且说话做事非常得体。在女儿面前，我那位同事却处处摆着一副妈妈范儿，挑这挑那、颐指气使，反倒成了个“怪咖”。

世界上总有一种爱很不对劲，那就是母亲的爱，她从来都不是不多不少、不偏不倚刚刚好，她从来不会按照你的想象出现，要么就远得让你望不到边，要么就近到成为彼此的俘虏。

有时候母亲还会是我们命运中的宿敌，因为她们可以凭借本能的直觉、多年来的相处以及对你个性心理的了解，一矢中的、精确制导。

我有个大学同学，绝对是我见过的脾气最温和、性格最开朗的姑娘，可有次被我撞见她和妈妈打电话，特别暴躁不耐烦，话还没说完那头就已经挂了。随后她拿着电话，眼含热泪地对我说：“唉，我妈就是有这种本事，十句之内准吵架！”

另一个朋友从美国回来探亲，进家门时已经是凌晨两点了，所以就蹑手蹑脚地回房间倒头酣睡到第二天下午。起来后发现爸妈都不在家，于是就出门吃饭，结果回来时正对上她妈妈怒目而视，她因为没叠被子而被妈妈痛批了一通。

这些都是太普遍、太常见的现象。奇怪的是，我们的社会盛产全世界最忍辱负重、殚精竭虑的母亲，也盛产最自强不息、言听计从的孩子，这两个甘愿为他人磨合棱角的群体，却常常彼此不能好好说话。

很多时候，他们心里想的是一套说法，可是一到嘴边儿，却不是正常地说出来，而是被内心的火气喷射出來的，每一句都能命中对方的要害。

或许矛盾的根源在于，我们这一辈人随着年龄的增长和阅历的增加，已经成了独立打拼的个体，并赢得了朋友和周围人的尊重，而我们在家庭中的地位却并未因此而有任何upgrade（提升）的迹象。这种状况落在母亲眼里就是另一番光景：尽管你大了，表面上看都独立了，怎么还不让她省心呢?

另一种可能性，就是母亲已经习惯把自己的孩子，特别是女儿当作依附者来照顾和保护，并且会把她潜意识中的危机感和不安都加诸在女儿身上，所以母亲总会觉得有义务教诲女儿该做什么，该怎么做，哪怕在打骂争吵中迫使你学习了，她就安心了。

在有些母亲的潜意识里，总有着希望借由女儿翻身的心思，而她们的女儿却是和她们一样再普通不过的人，因此当这些女儿以凡人姿态回归家里的时候，母亲们便借责备发泄着自己的不满。在责备中，还总有一种恨铁不成钢的意味，喜欢拿自己的长处和女儿的短处相比，并且总有一种幻想：改造了女儿的弱点，就能改造她自己的生活。

还有一种母亲，因为一路走来承受过太多苦难，因此已经丧失了好好说话的能力，她们已经有了披坚执锐的棱角，无论是被耄耋老妪的手攥着，还是让十七八岁少女细嫩的掌心摩挲，都无法褪去那层被岁月磨砺出的狰狞外壳。

因此，最重要的是去探究大吼大叫和那些指责背后真正的原因和诉求。

那位大吼女儿的妈妈，其实气的不是女儿不叠被子，而是女儿回来后的第一顿饭居然没在家吃；那个打电话说不了几句便要和女儿争吵的妈妈，本意大概是希望能关心下女儿的生活。

类似的例子还有很多，然而我们该如何和这种母爱共处一室呢？

我并不认为已经习惯于沿着某种轨道惯性滑行的母子相处方式可以骤然改变，也不认为揪着母亲坐下来促膝长谈就可以解决问题。

坦率地讲，与其改变自己的母亲，不如多多地自我吹嘘，让她打心眼里为你自豪，或许她仍不会给你好言语，但在对外时她可以因为你而挺起脊梁。

我的许多朋友还发现定期给母亲生活费也是一个好办法。我们常说母爱不求回报，生活费的本质不是钱，而是自我成功的量化证明，这大概也是它为何非常有效的原因。

另外，如果你希望母亲能学会好好交流，就不要用“说了你也不懂”或者“你又不知道”之类的话来搪塞她。

很少有父母能对高速更新的社会保持着与时俱进的学习速度，而你或许是母亲能得以进步的唯一通道。不要抗拒长辈们询问的权利，更不要在她的无知上维持你自己的自由。

说到这里，突然想起了一个真实的故事。

我有一个闺密，大学刚毕业时就交了一个大她八岁的男朋友，那人的学历不高、离异，自己开公司。闺密被他的成熟和世故俘虏，她爸妈百般劝说无效，最终母女大吵了一架，她决然地摔门而去，搬去和男朋友同居，身后留下了母亲这辈子吼出的最难听、最恶毒的谩骂。

过了几个月，闺密发现两个人在价值观、人生观方面确实南辕北辙，那人还有暴力倾向。两人终于在激烈争吵后分手，她拖着行李箱回了家。

走到家门口已经夜里十二点了，她正在门口徘徊犹豫着要不要敲门，结果却像心有灵犀般，她妈妈呼啦一下子就打开了家门，一把就把她扯进去骂道："怎么老不带钥匙！"之后妈妈就跟什么都没发生过似的，照样生活过日子，帮她尽快步入了生活正轨。

母爱从来就没有合适的尺寸，它就是一束患难中才能见真情的阳光，而我们对母亲的爱就是忍耐与关怀。

家庭生活里，会摆盘比会做菜更重要

我有一个朋友，家庭主妇当得无聊，便跑去学做菜。她学的这个做菜，不是要去抡着炒勺练臂力谋生的那种做菜，而是和一群主妇淑女们打扮得美美的，到一个高雅的西餐厅后厨房里去学习。

她告诉我，老师传授的无上武功，不是切菜，不是颠勺，不是翻炒，而是摆盘。为了验证这一点，她甚至给我们演示了用买回来的沙县小吃，制作一顿3 courses（三道菜）的法式大餐，取名Sha Ville[④]。

④此处为诙谐写法，假装将沙县名称法语化。

这让我想起很多年前去法国玩的时候，买过一本法国人出的食谱，里面除了教人怎么烘焙、怎么切菜、怎么烤以外，还教人怎么买盘子，买什么形状、什么花纹的盘子可以让盘子上的花纹和蛋糕上的白奶油、红草莓更加相得益彰。那本书还教我们，做一道奶油南瓜汤时怎么挤最后那两滴奶油，怎样放一点小小的叶子给整个汤来画龙点睛。

同样是做菜，有了巧妙的摆盘后，做菜就不单单只是做菜，而是升华为烹饪艺术了。家庭生活也是如此，你是厨艺高超的厨师，端出来的菜却未必会受人欢迎；可那些摆盘漂亮的菜却让人从第一眼看过去就有了食欲，从而赞美有加。

我的中学同学嫁去了一个大家庭，可以想象，处理各种关系需要怎样的技巧。可是她却如鱼得水，不但当起了半个家，还会邀请同学朋友到家里做客。

这绝不是因为她勤快能干、善于做家务，实际上，大家庭的家务都有阿姨代劳，她在家里很少做家务，对一家人最大的贡献就是“说话”。说话不是件容易的事，她老公、公公婆婆和老公的哥哥是一家人，而身为儿媳，她的身份是比较边缘的，怎样进退有度、分寸拿捏得当，非常有挑战性。她对公公婆婆不是一味地逢迎，而是知道该如何讨老人欢心；对兄嫂知道进退，对老公知道如何关起门来沟通，真是令人佩服。

其实我也掌握了很多沟通技巧，但似乎这些技巧只在职场有用，回了家该不会说话的时候还是不会说话。我俩的情况，就好比一个会做饭，而另一个会摆盘。

其实好好说话的道理人人都懂，技巧也都有，但是为什么有人做不到呢？大概是因为在职场里说话需要技巧，而在家庭里，在放松状态下和最最亲近的人面前，人都会流露出本性，更何况是让一个人在最愤怒的时候按捺住火气、思考最合适的反应。在最烦躁的时候不发牢骚；在最痛苦的时候不迁怒于人、就事论事，其实都是反人性的。会做饭只需要踏踏实实地做自己本分的事情好了；而会摆盘呢，则需要反人性地控制即将爆发的情绪。

每个家庭归根结底无非都是这样或那样的组合，每种组合都有需要完成的挑战，但是有一个共同的特点，就是都需要中和、不要走极端，要实现一种相互的学习。

怎样才能学会摆盘呢？如果你真想要修炼，就得一点点地挑战舒适区，并留好最低底线。无论多么生气，绝不说出触碰底线的话，并把它作为人生信条一样来恪守。

更重要的是，当一个家庭有一个共同的愿景要完成，或者有更重要的共同目标要达成时，摆盘技巧就会成为双方试错后，自然而然会采用的最优选择。

你无须等装备齐全了再启程

几年前，我带宝宝去汽车博物馆。那时候他还小，对琳琅满目的车子尚无兴趣，倒是我，在看到人类历史上第一辆长途汽车，读了简介牌上女驾驶员的故事后，当场热泪盈眶、唏嘘不已。

驾驶汽车有什么好感动的呢？在我眼中，这段里程象征了女性作为母亲时必须面对的无数个大大小小的“第一次”——未知、孤独、充满变数，而你永远不能等到万事俱备了才出发上路，时机到了，无论你有没有准备好，手头有多少装备，该启程时就得启程。

实际上，在1888年的秋天，Bertha Benz（伯莎·奔驰）就是这么做的。作为妻子，她变卖了嫁妆给丈夫做汽车研发；作为合伙人，她眼睁睁地看着民众对汽车心存疑虑；而作为母亲，她则决定在那个秋天，带着两个儿子亲自驾车回娘家，用实际行动战胜公众的落后观念。

当时三十九岁的她瞒着丈夫，带上两个儿子开车出发了，他们的目的地是106公里外的娘家。一路上，当妈妈的操纵着控制杆，不断遇到麻烦：先是燃料粗石油告罄，于是，他们停靠在一个药剂师的店门外买了粗石油；随后车子的链条又断了，他们找到了一个铁匠修补；到了堡适洛特，他们又不得不请人更换了刹车片……那些发生在无人区的小故障，只能靠Bertha自己动手来解决。神奇的是，事到临头，她居然总能想出稀奇古怪的方法来解决问题：汽化器堵了，她就拔下发针，弄成小工具自己疏通；点火导线和发动机短路时，她解下吊袜带做绝缘导线……傍晚他们到了外婆家，孩子们冲进厨房找吃的，Bertha则给丈夫拍了封电报，通知他自己已经和孩子们完成了人类历史上划时代的长途旅行。

这个故事给了我很大的触动，也给了我莫大的勇气。在此后的日常生活中，每当面对一些常见的困难时，我就会经常想起Bertha的故事，莫名地就拥有了很大的勇气。有时候在旁人甚至家人眼里一些微不足道的小事，作为母亲，你都必须用百分百的勇气和力气去面对。

这些事情或许很小、很平常，你却不得不开动脑筋，想各种各样的办法，亲自攻破这一个个的小难关：

比如一个人捧着肚子走进待产室，像服从军令一样执行医生护士的所有指令；

比如一边和孩子一起哭，一边忍痛尝试母乳喂养；

比如第一次独立照顾宝宝、带娃娃去打针；

还有第一次亲自送宝宝进幼儿园，而他/她抱着你的腿哇哇大哭，死也不肯进去；

孩子生病，你彻夜守在身边；

你不得不一个人搞定家务、做饭，同时又要看孩子，疲惫得大哭……

这些都是别人眼里再平常不过的事，几乎每时每刻，在地球的每个角落都在发生着。可是当真正身处其中，面对着这些实际困难时，任何母亲都是一个孤独的个体，都只能独立去完成、独自承受压力。而这时候，那段长途旅行的故事，或许能从某种角度给你启迪。

如果一开始就想着：这段旅程有一百多公里，还是驾驶着一辆未经检验的三轮汽油车出行，就会觉得困难无比；可是如果换个角度思考，你并不孤独，有孩子们的陪伴，沿途还有不错的风景；另外，将106公里拆分后，不会每一公里都发生问题，真正发生了麻烦的时刻，就有针对性地把它解决就好了，总之先对付过去再说，下次再出问题就再想新的招数。

再回到现实中，如果孩子突然厌奶，没关系，先多喂水，换换奶瓶奶粉牌子，熬几天观察下；如果孩子不肯上幼儿园，没关系，今天想这办法哄进去，明天想另一个办法偷偷溜走，总有适应的那天；如果孩子老容易生病，如果时时担惊受怕，这日子就真没法过了，平时多带他锻炼走走，增强抵抗力，生病了就想着这是人体免疫系统自我升级的必经之路……

纵观孩子的整个成长历程：襁褓期、哺乳期、幼儿园、小学、初中、高中……这个过程太艰辛漫长了，可是如果当成一段秋天的长途旅行来和孩子一起享受、行走，既享受了当下，又不过分忧虑未来的困难，这条长路也能变得有趣、有意义得多。走了一段后再蓦然回首，啊，原来已经走出那么远的距离了！

几天前我去听了一个女创业者的演讲。那是一个黯然神伤的演讲：因为她的创业失败了，这次演讲是总结教训和分享心得。

她讲了很多，但快要讲完时她说的一句话却给了我很大的震撼，她说："现在我总在想，当初要是再努力一点儿就好了。这里的努力不是说我应该再多加几小时班、多跑些客户、多投些钱，而是指当初在面对未知的领域时，我应该再努力迫使自己尝试些从前没做过或不敢做的尝试，也许希望和机遇就在这些新的尝试中。"

这句话当与所有的母亲共勉。你可能装备很差，驾驶技术也不行，而且自信心不足，但这些都没有关系，没有谁是从完美中起步的；你可能认为自己已经足够努力了，花了很大的力气，可是结果还是不好，那你是否愿意做一些从前没有过的尝试呢？

21世纪初，德国政府将那106公里的路，定名为Bertha Benz纪念之路。在这条路上，有牛羊遍野的田园，有颠簸险峻的山谷，有波光粼粼的莱茵河，有丰饶旖旎的巴登葡萄产区……

就是那个类似于三轮车的交通工具，由女性驾驶着，完成了人类历史上的第一个一百公里。而驱使着那辆三轮车前进的，不只是威斯洛赫城的粗汽油，还有一名妻子、一位母亲无限的精神力量——勇敢、坚定、责任和爱。而后者，才是支撑我们和孩子长途之旅的最重要的装备。

后 记

一本书的命运总是掌握在那些读过它的人手中

我始终相信，一本书自完成之日起，其命运就已从作者手中移交到了读者手中。从这个角度而言，当你们看书时感到有所收获，并对未来充满了信心时，这本书才能算是真正获得了成功。

在你真正开始阅读之前，让我先给你讲讲写作时真实发生的事情，和我从中得到的一些收获，带着这些感悟去读，相信会对你更有裨益。

本书得以出版的故事是这样的：

编辑第一次找到我出书的时候，我直接拒绝了，理由是没有时间。一个月后，编辑再次找到了我时，我再次婉拒了她。这次我给出了两个理由：一、我很忙，无法在她期望的时间内交付足够数量的作品；二、我不敢妄谈生活的道理和成功的秘籍。

可是我的编辑虽然年轻却非常执着，她花了大量时间和我沟通，启发我、说服我，我觉得过意不去，便答应先写个提纲看看。

转折就发生在写提纲的时候。当我把一项一项过去的思考所得罗列出来时，我才惊讶地发现：原来自己想说的、可以说的东西居然有这么多！

在交付提纲到签约之间的那段时间里，有两个我在时刻进行着激烈的斗争。

其中一个跳出来提醒我：“不要答应她，你哪儿有时间啊？你已经出过一本书，有过不错的反响了，干吗还要为了可有可无的第二本打乱自己的生活节奏呢？”

而另一个我跳出来质问自己：“你真的就一点儿时间都挤不出来吗？还是你只是希望留在自己的舒适区内？如果这段时间你不用来创作，那么你会拿它来做其他什么更有意义的事情吗？如果写作是你的爱好，你难道不应该在工作之余，为它做点儿什么吗？”

我的内心很清楚，我很忙虽然是事实，但是如果这段时间我不写书的话，其实也不会有其他更积极的产出，我日复一日的工作和生活并不会有所差别，只会继续规律地进行下去。而如果开始动笔，就必然会给自己增添极大的额外压力，但这个压力却能带来高效的吸收、反省、进步和产出。

经过一番思想斗争后，我还是决定迎接这个挑战。其中的道理很简单：如果我们真的发自内心地希望平凡的生活有一些新的突破，就需要突破舒适区去做一些事，这些事情得是你真正喜爱的，却又是需要你踮起脚去够一够的。

开始动笔以后，写作的过程并不顺利，我一直在问自己：我有什么资格教别人怎样幸福、怎样成功？我又凭什么让别人认同我？

基于这些疑虑，我开始了一些观察和思考，也请教了一些比我成功、经验丰富的朋友，大家给我的建议和我自己的结论一致：在今天，我们对成功应该有更广泛的定义，人生的追求也理应更加多元化。一个人之所以写作，并不是为了在研究市场趋势、大众心理后，让自己钻营得更加迎合市场流行心理，而应用其思考后的见解和真正的洞察力发出自己的声音，再借助一些手段把声音传播开来。有需要的人们听到真正有价值的声音，自然会聚拢过来，参与讨论和传播。

这个时代，并不仅仅需要明星名流、巨匠鸿儒的单一声音，也欢迎那些未曾停止学习并在认真思考的人发出声音，而它的价值即便在已经碎片化的时间里也能长久留存。

对于任何写作者而言，这是最坏的时代，每个人都可以打着旗号用标签，鼓吹和蒙蔽；这又是最好的时代，思想是世纪最持久的货币，怀璧者得以发音，哪怕微小。

因此，不要因为你现在的渺小而停止展示、不敢发声。我们在潜意识里总是在追求尽可能的优秀，并惧怕被人指摘，可是真正的行进是要在开阔场地中完成的——展示、自我批判、和他人进行讨论和争论……这些都会带来与闭门造车不同的体验，也可以让你更好地行进。

在本书快要完成时，我又进入了一轮新的焦灼期：

——大家不喜欢怎么办？

——会被归类为鸡汤文吗？

——这样一本深度有限的书会不会让那些还在严谨治学、从事社科研究的昔日同学好友笑话？

当这些问题困扰我的时候，一位教育界的长辈启发了我。

创业前，她是教育界颇有威望的教研人员，她开发的教案屡获教育部的大奖，在五十五岁退休后开始创办自己的学校。

这位长辈说，创业前最困扰她的问题其实不是财务上可能面对的失败，而是精神上可能面对的打击：她最担心昔日的同事、朋友和学生指责她从一个教育工作者转变为一个商人，前同事一句玩笑话“连您也下海了”，就让她连续失眠了一个礼拜。后来她终于想通了：教育的阵地如果不让那些怀有正确价值观的教育者去占领，就会被以金钱为目标的功利主义者占领。开办自己的学校并不可耻，但要提供有价值、对他人负责的教育，至于别人怎么评论这件事的目标和价值，都是暂时的而已。

与这种情况类似，一本书一旦完成，就把评论的权利交给了他人。对于评价应该泰然对待，因为作为内容供给者，只要我输出的是自己认为有价值的东西，就理应相信读者的辨识能力与思考能力。

尽管我们身处爱打标签的社会，但你做了什么和那些短期成败并不能真正地定义你；你怎样去做，和你怎样面对成败才是真正地定义你自己。

因此在书里，我更多的是对经验、思考过程的分享，而非教导和结论。希望读过书的人都能在看完后，在我已止步的路口继续前行，以自己的方式行走，只有这样，一本书的命运才算是成功的，它的生命就能被继续延续下去。

这本书的命运不由我掌控，它听从你的审判。